胡 亮
Hu liang

　　胡亮，生于1975年，诗人，学者，随笔作家。中国作家协会会员，巴金文学院及成都文学院签约作家。现居蜀中遂宁。著有《阐释之雪》《琉璃脆》《虚掩》《窥豹录》《无果》《片羽》《朝霞列传》，主编或合编有《出梅入夏》《永生的诗人》《力的前奏》《敬隐渔研究文集》《关于陈子昂：献诗、论文与年谱》。获颁第2届袁可嘉诗歌奖、第9届四川文学奖、第3届建安文学奖、第1届任洪渊诗歌奖。

新诗考古学

ARCHEOLOGY OF MODERN
CHINESE POETRY

胡亮　著

黄河出版传媒集团
阳光出版社

图书在版编目（CIP）数据

新诗考古学 / 胡亮著. -- 银川：阳光出版社，
2023.1
（阳光文库）
ISBN 978-7-5525-6612-3

Ⅰ.①新… Ⅱ.①胡… Ⅲ.①随笔－作品集－中国－
当代 Ⅳ.①I267.1

中国版本图书馆CIP数据核字(2022)第234570号

阳光文库 · 新诗考古学

胡 亮 著

责任编辑　陈建琼
封面设计　尚书堂
责任印制　岳建宁

黄河出版传媒集团
阳 光 出 版 社　出版发行

出 版 人　薛文斌
地　　址　宁夏银川市北京东路139号出版大厦 （750001）
网　　址　http://www.ygchbs.com
网上书店　http://shop129132959.taobao.com
电子信箱　yangguangchubanshe@163.com
邮购电话　0951-5047283
经　　销　全国新华书店
印刷装订　山东新华印务有限公司
印刷委托书号　（宁）0024894

开　本　880 mm×1230 mm　1/32
印　张　7.75
字　数　180千字
版　次　2023年1月第1版
印　次　2023年1月第1次印刷
书　号　ISBN 978-7-5525-6612-3
定　价　58.00元

代序

让冲锋舟穿行于悖论两岸 ①

各位来宾，各位朋友：

大家晚上好！

今天，我是初次来到邯郸，却像是故地重游，这个感觉令我十分享受。邯郸，包括邺城，乃是建安文学的圣地。就空间或地理学意义而言，我是初次来到邯郸；就时间或历史学意义而言，我已多次拜谒建安文学。获得本届建安文学奖，对我来说，就是获得了这样一个机会：让我可以再次向建安文学致敬，向邯郸大地上的诗意和文学生机致敬！

最早或较早向建安文学致敬，也许可以追溯到初唐诗人陈子昂。一千三百多年前，右拾遗陈子昂给左史东方虬写过一封信，其中两句话，已经成为文学史上的名言："不图正始之音复睹于兹，可使建安作者相视而笑。"陈子昂为什么会写这封信？因为他认为，东方虬隔

---

① 此序本为《受奖辞——为"第三届建安文学奖"作》。

代继承了正始文学和建安文学。用今天的话来说，东方虬，当然还有陈子昂，已经打断了齐梁文学的唯美主义和颓废主义。

陈子昂的文学理论具有很彻底的"革命性"，其文学创作却具有很明显的"骑墙性"。钱锺书先生的《谈艺录》，早就说过这个问题。我认为，就文学或文学批评而言，"革命性"只是破坏时代的一个特征，先锋的一个特征，"骑墙性"才是建设时代的一个特征，高手或巨匠的一个特征。大多数诗人、作家或批评家，当然包括我，不可能轻易具有这个特征。但是，这个令人沮丧的现实，并不妨碍我在这里推介下面的理想——所谓文学批评，应该既包括广阔的视野，又包括专注的立锥之地；既包括福至心灵的直觉，又包括数学般的计算能力；既包括孤独的民主性，又包括特殊的偏见；既包括严肃的判断力，又包括指东打西的幽默感；既包括毫无还价余地的道德律，又包括风情万种的文体学自觉。当然，批评家还要学会化解风骨与肌理之间的敌意，古典与现代之间的敌意，理性与感性之间的敌意，以及中学与西学之间的敌意，并且致力于废黜任何头戴冠冕的二元论。对于中国当代批评家来说，另有一个重要任务，那就是抓紧挽救写作与批评的"汉语性"，以便在西方中心主义的十面埋伏中求得有分寸有尊严的突围。这个理想，太过高远。我知道我并未取得成功，但是，也并非全然失败。经过多次打折，或许，我至少可以做到这样一个程度——在面对小丑的时候，能够像松树那样倨傲于天空；而在面对至真、至善与至美的时候，能够像苔藓那样谦卑于大地。

刚才，我反复提到陈子昂，并非全然大公无私：因为陈子昂的故乡——四川射洪，既是家慈牟玉春女士的故乡，也可以说是我的小半个故乡。

最后，我要祝贺朱涛（朱弱水）先生，祝贺臧棣先生！——两位诗人的想象力和语言创造力都令人动容，与他们分享本届建安文学奖让我心怀忐忑；我还要感谢建安文学奖的主办方，感谢所有评委，感谢温连明先生，感谢温建军（见君）先生，感谢杨碧薇博士，感谢今天来到现场的所有朋友！——杨碧薇博士为小书《窥豹录》撰写的授奖辞令人汗颜，我只希望，接下来的写作与研究不要过于辜负大家的厚爱！

胡亮

2020 年 12 月 4 日

目 录

半首诗，半部诗学

——读《中国新诗总论》

1

新诗芳龄，已逾百年，来一番瞻顾，已然如此迫切而重要。在谢冕先生主持下，经过多位学者襄助，已编纂出版了两部巨著：十卷本的《中国新诗总系（1917—2000）》①（下文简称《总系》），以及六卷本的《中国新诗总论（1891—2015）》②（下文简称《总论》）。这两部巨著，分别着眼于诗与诗学（理论与批评），让百年新诗得到了较为精确而丰富的呈现。笔者深信，这两部巨著，不仅是当前最公允、最赅备、最成体系、最有担当的重要选本，而且必将在较长的时间段内被不断巩固为经典选本。

其实，《总系》前八卷着眼于诗，末两卷——亦即理论卷和

---

① 人民文学出版社 2010 年版。
② 宁夏人民教育出版社 2019 年版。

史料卷——也以较大篇幅兼顾了诗学。某种意义上说，《总论》就是对《总系》末两卷的有限扬弃和大规模增补，甚而至于，已经达臻了两骏连辔的程度。

《总论》仍然由谢冕担任总主编，分为六卷，第一卷（1891—1937）由姜涛先生担任主编，第二卷（1938—1949）由吴晓东先生担任主编，第三卷（1950—1976）由吴思敬先生担任主编，第四卷（1977—1989）由王光明先生担任主编，第五卷（1990—2015）由张桃洲先生担任主编，第六卷亦即翻译卷由赵振江先生担任主编。这七位编者，老中青联袂，可以说是荟萃了一时硕彦。

"吾爱吾师，吾史爱真理。"虽然任何人都没有资格自诩真理在握，笔者仍将赞美——并挑剔——这部巨著；在挑剔的时候，也就暂时顾不得七位编者所付出的巨大心力。

2

首先，要谈谈反方的缺席与有限出场。

新文化运动——包括白话诗运动——已经获得了充分的合法性，关于这个运动的历史书写，早就成为一种典型的雄辩书写。在这样的雄辩书写中，反方不断退场，乃至最终缺席。"必不容反对者有讨论之余地。"[1] 想想看，胡适的反方安在？陈独秀的反方安在？梅光迪与任叔永安在？他们早已成为历史的逆流，学

---

[1] 陈独秀《再答胡适之》，《独秀文存》，安徽人民出版社 1987 年版，第 689 页。

术的背影，仅在被批判的时候才被挪用作瓦碎的宾语。

然而，随着新文化运动的大获全胜，其过度后果也开始逐渐显现。我们当然认可新文化运动的启蒙使命，却也不妨稍微反思这种启蒙的过度后果（甚至可以称为消极后果）。新文化运动的消极后果，总而言之，就是传统虚无主义，分而言之，就是语言上的白话原教旨主义和文化上的西方中心主义。从文学本体论的角度来看，本文更为关心的白话诗运动，原本不必额外负担新文化运动的启蒙使命，也不必额外承受这种启蒙的消极后果。然而，事实恰好相反：白话诗必须扮演启蒙的先锋，甚而至于，革命的先锋。胡适和陈独秀，从来不是就诗论诗，他们关于诗的过激主张，如果剔除了启蒙或革命诉求，幸存下来的诗学价值已经极为有限。

已经养成了习惯的雄辩书写，其可怕之处在于，对诗学价值与启蒙价值（或谓思想史价值）的评估往往缠夹不清。比如，我们肯定了胡适和陈独秀的启蒙价值，却在无意间大为拔高了其诗学价值。又比如，我们否定了学衡派的启蒙价值，却在无意间大为贬低了其诗学价值。学衡派，继承梅光迪与任叔永，恰是胡适和陈独秀的绝对反方。如果我们仅仅着眼于诗学价值，到了今天，定然会叹息着承认：学衡派诸公实在远超白话诗诸公。随着前述消极后果的不断显影，学衡派的诗学价值必将越来越醒目地显现在我们面前。

最为经典的例证，就是以文言写就的《评〈尝试集〉》（胡先骕）。胡先骕正是学衡派的大将，他关于《尝试集》的论断，既能融化新知，又能昌明国粹，确实具有不激不随的态度和风度。关于《尝试集》，这篇两万字的雄文，算得上是最为详尽而公允的研究。然则诗学上的公允，却被视为启蒙上的保守，故而此文长期被弃如敝履。笔者很兴奋地看到，几经犹豫，姜涛还是将这篇雄文选入了《总论》。在长期缺席以后，这算是学衡派的有限出场。

学衡派的主帅，并非胡先骕，而是更加了不得的吴宓——他却反而彻底地缺席于《总论》。吴宓曾多次论及白话诗或新诗，虽然大异于胡适和陈独秀，却别有超越时代和地域的意义（亦即文学本体论意义）。可以参读的诗论，至少当有亦以文言写就的《论新文化运动》《论今日文学创造之正法》《论诗之创作》《诗韵问题之我见》《挽徐志摩诗附识》。而吴宓的《空轩诗话》，虽然以同时代旧体诗为讨论范围，却向我们推荐了一位与新诗相关的重要人物——常乃惪，此君擅长七言歌行体，所作《论新诗》，乃是以旧诗论新诗的妙文，先后论及胡适、康白情、俞平伯、冰心、刘大白、郭沫若、汪静之、徐玉诺、陆志韦、吴芳吉，堪称以七言歌行体写就的新诗草创史。虽然常乃惪——包括吴宓——对新诗很失望，"旧统已溃新未成，诗运国运亦同尔"，却也有展望，"诗成雪泪望将来，早见韩潮与苏海"①。可见学衡派，并非保守派，而是会通派，他们全都精通左右互

---

① 《常乃惪将军歌与论新诗》，《空轩诗话》，《吴宓诗话》，商务印书馆 2005 年版，第 240–241 页。

搏之术。对这段历史，姜涛素有研究，然而笔者仍然不满足于他的分寸感。学衡派诸公，对新文化运动——包括白话诗运动——给出了及时而有针对性的提醒。到了今天，或可将当时的无效提醒，大张旗鼓地转换为及时的有效提醒。

3

第二，要谈谈理论与批评。

无论古今中外，理论与批评，都是诗学之双翼。单就新诗而言，理论与批评，却有南阮北阮之别。批评文集是有很多，新诗史亦有不少，体系化的理论专著却甚为鲜见。《总论》也呈现了这个瘫腿般的事实：我们从不缺乏批评的包厢，却似乎并未建立理论的堂庑。

体系化的理论专著，屈指数来，也就那么几部。我们已经看到，朱光潜的《诗论》，王力的《汉语诗律学》（更多讨论古典诗律），都已经进入了《总论》的视野。吴晓东选入了《诗的境界——情趣与意象》（朱光潜），而吴思敬选入了《中国格律诗的传统和现代格律诗的问题》（王力）。除了《诗论》与《汉语诗律学》，值得关注的理论专著，笔者以为尚有蓝马的《前文化导言》，李震的——不是《母语诗学纲要》——而是《神话写作与反神话写作》（虽然此文沾染了一点儿二元论的恶习），也许还有敬文东的《感叹诗学》与《味觉诗学》（但是这两部书都超出了《总论》的时间下限）。

关于蓝马的《前文化导言》，长期以来，坊间以讹传讹，学界将错就错，现在已经成了一笔糊涂账，一宗无头公案，笔者非常乐意借此机会还原真相。1986 年，蓝马与周伦佑商议创办《非非》，约定由蓝马起草《前文化导言》，周伦佑起草《非非主义宣言》。蓝马如期完成《前文化导言》，分为七节："前文化与文化""前文化语言与文化语言""前文化思维与文化思维""前文化的文学观和艺术观""前文化与非非艺术""前文化的美学原理"，以及"非非诗歌中的前文化还原"。然而周伦佑却没有完成任务，两人商议，临时抽出《前文化导言》第五节，当作《非非主义宣言》，署名"蓝马执笔"；又临时抽出《前文化导言》第七节，经周伦佑小改，当作《非非主义诗歌方法》，署名周伦佑、蓝马。《前文化导言》最终只保留了前四节，与《非非主义宣言》，《非非主义诗歌方法》，一起刊发于《非非》创刊号，看上去就像毫无瓜葛的三篇文章。1987 年，蓝马续写完成最后三节："作为精神命运的取向活动的前文化观念""作为文化成就的内化结果的文化观念"，以及"太阳法则与矛盾法则"。至此，《前文化导言》有了十节，可以说，既是诗学专著，又是哲学专著，还是语言学专著。蓝马当时读过维特根斯坦（Ludwig Josef Johann Wittgenstein），却不知巴特（Roland Barthes）为何方神圣，然而他却以维特根斯坦式文体，未卜先知般地阐述了巴特式问题。笔者的意思是，《前文化导言》乃是一部具有高度原创性①的理论专著，暗合并呼应了二十世纪世界哲学的语言学转向。就在参差同时，蓝马还完成了《什么是非非主义》《前文化系列还原文谱》《形容词与文化价值》《非非主义第二号宣言》《语言作品中的语言事件及其集合》《语言革命——超文化》《新文化诞生的前兆》等文章，均可作为《前文化导言》的注脚②。如果说周伦佑是中后期非非派的心脏，那么蓝马就是早期非非派的灵魂，《总论》对他的罔顾，也许是一个较为重大的遗憾。

<h1 style="text-align:center">4</h1>

　　第三，要谈谈细读与宏观诗学。

　　细读与宏观诗学并非截然对立，可以说，前者是雕虫，后者是雕龙，前者是后者的杜础，而后者是前者的帷幕。但是，为了论说的方便，笔者权且将细读的对象设定为某件作品，而将宏观诗学的对象设定为某种程度上的共性问题或苗头性问题。也就是说，细读乃是修辞或语义分析，而宏观诗学则必然落实到问题或向度研究。

　　在白话诗和新诗的草创期，谈论问题，选择向度，才是要事与急务，故而不得不热衷于雕龙的壮举。与这样的草创期相适应，

---

① 蓝马却对笔者说，其观点，早就被佛陀说得更加深刻而圆通。笔者经查《金刚经》，确证"非非"亦是旧词。
② 蓝马听取笔者建议，已将《前文化导言》恢复原貌。参读《海水与浪花》，《蓝马诗文集》，作家出版社 2011 年版。

笔者很是期待，《总论》应该更多地展示宏观诗学成果。这七位编者，果然也以很多次重彩，较为清晰地呈现了百年来宏观诗学的大关节：白话，自由体，新形式与新格律，象征派，现代派，散文化，大众化与民族化，政治讽刺诗，朗诵诗，象征、玄学与现实的综合，古典加民歌，革命现实主义和革命浪漫主义，孤悬的现代性（台湾），再启蒙，人性与主体性，女权，叙事性，后现代性，唯修辞，以及静悄悄的传统和汉语自觉，可惜仍未涉及越来越重要的生态诗学。这些大关节有先后，有反复，有交叉，有回旋，却基本上重现了诗与诗学的真相。

几乎到了最近三十年，在雕龙的壮举而外，才有了雕虫的闲暇，顺势也就出了几位颇具细读能力的学者（比如孙玉石、陈超、江弱水、臧棣、西渡和更年轻的一行）。值得注意的是，王光明和张桃洲先后选入了孙玉石关于建立解诗学的两篇文章，张桃洲甚至直接选入了对《诗八首》（穆旦）和《镜中》（张枣）的细读文章，究其用意，似乎关注细读客体（穆旦与张枣）甚于细读主体（王毅与冷霜）。这甚至可以牵出另外的话题，比如，《总论》虽然并重研究者与被研究者，但是也不排除顾此失彼的单方面考量。

而诗人论，则介于细读与宏观研究之间。笔者个见，对重要诗人，均当选入至少一篇诗人论，而且还当是对这个诗人素有专攻的学者所结撰的诗人论。姜涛选入《徐志摩论》（茅盾），开了个好头，可惜各卷的跟进并不均衡。笔者乐意给出这样一份诗人名单，并期待在《总论》里面读到精湛的诗人论：郭沫若、鲁迅、徐志摩、戴望舒、冯至、艾青、卞之琳、穆旦、余光中、洛夫、痖弦、昌耀、北岛、多多、顾城、柏桦、张枣和海子。《总论》各卷，对这些重要诗人的关注并不均衡。如果将"诗人论"的范围扩大到"诗人专论"，甚至还可以看得更加清楚。比如，穆旦专论，吴晓东选入三篇，王光明选入一篇，张桃洲也选入三篇。穆旦研究乃是一门过了头的显学，选入周珏良、王佐良和李怡的专论可矣，倘若还有篇幅，不妨选入《伪奥登风与非中国性：重估穆旦》（江弱水），这篇专论算是反方，旨在泼冷水，却也可以帮助我们认识更加立体的穆旦。说到江弱水，就牵扯出另外一些遗憾：《总论》并没有关注江弱水或赵毅衡的卞之琳研究，就像也没有关注骆一禾的昌耀和海子研究，戈麦的北岛研究，柏桦、钟鸣和宋琳的张枣研究，敬文东的宋炜研究（这些研究颇具龙虫并雕之功），乃至孙玉石、张闳和张洁宇的《野草》研究①。

5

第四，要谈谈诗与非诗。

新诗的活力来自旧诗文类边界的松动，换言之，来自非诗。对旧诗来说，新诗就是非诗。百年来的诗人与学人，对这个问题，自然心知肚明。他们的跨文类兴奋，甚至跨学科兴奋，助长了新诗原本就不可限定的触角。新诗或非诗，既然非熊非罴，就必然与其他文类边界肇成频繁而强烈的摩擦。

---

① 《总系》也仅从《野草》中选入一篇《我的失恋》。《野草》共计二十四篇，其中二十二篇以散文体写成，一篇以戏剧体写成，一篇以新诗体写成。《我的失恋》系《野草》中最弱的一篇，恰好被选入，原因就在于该篇以新诗体写成。这首诗有个副标题，"拟古的新打油诗"，体现了鲁迅对旧诗与新诗的双重调侃。尽管如此，在笔者看来，《野草》整个儿乃是一部新诗集，而且还是一部最伟大的新诗集。从《总系》只选入《我的失恋》，《总论》不选入关于《野草》的专论，可以看出《野草》作为新诗集还没有在较大的范围里形成共识。

以《总论》前两卷为例，姜涛选入的《论散文诗》（仲密，亦即周作人），《诗与自由诗》（林庚），吴晓东选入的《抒情的放逐》（徐迟），《诗的散文美》（艾青），《新诗应该是自由诗》（废名），《新诗戏剧化》（袁可嘉），都有效地怂恿了新诗对散文、小说甚或戏剧的僭越。以《总论》第一卷和第三卷为例，姜涛选入的《论节奏》（郭沫若），《新诗的音节》（饶孟侃），《诗的格律》（闻一多），《诗的韵律》（林庚），《音节与意义》（叶公超），《论节奏》（陆志韦），吴思敬选入的《自由体与歌谣体》（冯至），《论民歌》（何其芳），《新诗的格律》（孙大雨），《谈谈诗歌的格律问题》（卞之琳），《诗的节奏》（罗念生），《新民歌的一二艺术特点》（袁水拍），则有效地怂恿了新诗对听觉艺术的僭越。吴思敬以其选入的多篇文章，甚至还不动声色地提醒了我们：新月派的若干遗民，比如孙大雨和卞之琳，把他们的未竟事业（新诗的听觉理想），巧妙地合拍了在新中国成立初期颇为流行的"古典加民歌"大实践。

正是在五六十年代①，古典加民歌，引导了不由自主的新诗。古典加民歌，主要是民歌，因为工人阶级和农民阶级对古典还是感到隔膜。古典来自传统，民歌来自草根。到了八十年代，却出现了非草根非传统的音乐样式：摇滚、蓝调和民谣——这些音乐样式似乎具有爵士乐、黑人音乐或美国乡村音乐背景。这些非主流音乐的副产品——文字脚本——亦即通常意义上的"词"，很

---

① 本书所述年代，凡未注明，均属二十世纪。

多时候具有这样的资格：反过来要求新诗甚或新诗经典的席位。当年，谢冕和钱理群两位先生主编《百年中国文学经典》①，就曾大胆选入崔健的词：《一无所有》和《这儿的空间》②。崔健乃是中国的摇滚教父；除了崔健，值得关注的人物，还有窦唯、郑钧和张楚，乃至黄家驹和罗大佑；杨碧薇博士还向笔者推荐过腰乐队的刘弢、舌头乐队的吴吞和万能青年旅店的董亚千。笔者的意思已经很清楚，如果着眼于新诗研究，《总论》可以不关注赵元任如何给《教我如何不想她》，或周云蓬如何给《九月》插上音乐的翅膀，却不可不关注"词"之惊艳。在这个方面，笔者以为，至少要虑及李皖的一系列研究。

还得重提闻一多，他的《诗的格律》，多么奇妙，还过早地怂恿了新诗对视觉艺术的僭越。后来，在这个方面，新诗确有不少花拳绣腿。尽管亦有成功的案例，比如陈黎的《战争交响曲》，笔者仍然附议《总论》对相关研究的暂付阙如。

6

第五，要谈谈诗人之文与学人之文。

关于诗人之文与学人之文，可以说，原本是个伪问题。因为在八九十年代——台湾当然早在六七十年代——全面引入欧美论文范式以前，诗人就是学人，学人之文就是诗人之文，两者并无

---

① 北京大学出版社 1996 年版。
② 似乎还应选入《一块红布》。

云泥或霄壤的区别。欧美论文范式横行中国以后，诗话传统被扰乱，加上社会分工愈来愈细，出现了并非诗人的专业化学人，文章也就大体上积淀出四种面孔：诗人之文，诗人的学人之文，学人之文，学人的诗人之文。这个绕口令，也可以置换成另一个绕口令：学院派，非学院派，学院里的非学院派，学院外的学院派。学院派，学人之文，已经逐渐盲从了欧美论文范式。这里可以举个形象的例证：比如钱锺书的《谈艺录》乃是"诗话"，《管锥编》乃是"文话"，均未采用欧美论文范式，他绝不可能凭这两部著作在今天的任何一所大学里评上教授。

说得稍微有点儿远；现在呢，回过头来谈谈，前述四种面孔在《总论》里的闪现频率。《总论》前半部，大都是诗人之文，或学人的诗人之文；后半部，大都是学人之文，或诗人的学人之文——比如张桃洲选入的《'89后国内诗歌写作：本土气质、中年特征与知识分子身份》（欧阳江河）。我们此刻观察的重点，在于《总论》后半部，在于后半部的某种"例外"或"意外"：比如王光明选入的《生活、书籍与诗》（舒婷），《远帆》（王小龙），《黑夜的意识》（翟永明），《伟大的诗歌》（海子），《三个世俗角色之后》（韩东），张桃洲选入的《我因为爱你而成为女人》（唐亚平），《从隐喻后退》（于坚），《秋天的戏剧》（钟鸣），都是现身说法式的诗人之文。这样的"例外"或"意外"，在一定程度上，反过来扰乱了欧美论文范式的横行。当然，笔者也希望两位先生能关注李亚伟、骆一禾或余怒的文章，比如《英雄与泼皮》，《春天》，或《话语循环的语言学模型》。最为罕见——也最堪珍视——的面孔，亦即学院里的非学院派，或学人的诗人之文，却几乎已经绝迹于《总论》的后半部。在这里，经过慎重思考，笔者不惮于推荐《禅机诗话》（赵毅衡）。

7

第六，要谈谈汉语与文体。

前述欧美论文范式与诗话，正如科学与艺术，两者的差异，并非肉身或仪式上的差异，而是灵魂、心性、神色或风姿上的差异。欧美论文范式对诗话的取代，不仅意味着硬性汉语对弹性汉语的取代，而且意味着科学对艺术的取代，逻辑对诗的取代，理性对感性的取代，甚或养父对生父的取代。基于传统和汉语已成废墟的痛定思痛，自学衡派以来，屡有诗人和学者发出嘀咕（而不是大声疾呼）。

按照一般的观点，自然不能不提郑敏。这位长寿的诗人，早年西游，晚岁东归，她的诗学唏嘘不能不引起我们的重视。张桃洲选入的《世纪末的回顾：汉语语言变革与中国新诗创作》，堪称西游后的痛悔，东归前的顿悟，曾经引发较为广泛的讨论。在郑敏此文以前，余光中已经发表《哀中文之式微》《论中文之西化》和《中文的常态与变态》。继郑敏此文以后，沈奇陆续撰成《汉语之批评与批评之文章》①《"汉语诗心"与"汉语诗性"散论》和《当代新诗批评的有效性及文体自觉》。从对汉语的返乡，到对文体的创新，孰谓余光中与沈奇无功？至于柏桦，甚至已经明确树立了圭臬——我们可以参读《从胡兰成到杨键：汉语之美的两极》。惜乎余光中、沈奇和柏桦的相关文章，也没有进入《总论》的视野。

余光中所力倡的"中文的常态"也罢，沈奇所力倡的"汉语诗心"也罢，甚至吴子林所力倡的更具文化整体主义色彩的"毕达哥拉斯文体"②也罢，都是为了在西方中心主义而外，在白话原教旨主义而外，艰难地恢复汉语的尊严，恢复文体的自由，恢复诗与诗学的中国身份。这是当代诗学的棒喝，亦是百年诗学的蝶变。

8

第七，要谈谈翻译与比较诗学。

《总论》第六卷亦即翻译卷，乃是计划外产物。赵振江因另外的学术计划，早已与韩志华合编成《中国译诗论》，却因故未能出版单行本，就被谢冕临时决定收入《总论》。我们已经看到，第六卷与前五卷有些隔阂，而各卷编者似乎缺少沟通，终于损及

---

① 笔者并不会因为此文论及笔者而对此文避而不谈。当然，笔者所谓感性诗学，也暗通沈奇所谓诗话。
② 参读吴子林《"毕达哥拉斯文体"——维特根斯坦与钱锺书的对话》《"走出语言"：从"论证"到"证悟"——创构"毕达哥拉斯文体"的内在机制》和《"投入智慧女神的怀抱"——"毕达哥拉斯文体"的哲思路径及其意义》，《清华大学学报》2017年第3期、2018年第5期和2019年第5期。

《总论》全书的有机性。笔者认为，或已导致三个方面的问题：其一，出现了较为重大的遗漏。也许跟韩志华的师承有关系，第六卷宁愿选入四篇辜正坤，三篇黄杲炘，也不愿意选入一篇吴宓、邵洵美、余光中、叶维廉、北岛、王家新或西川的译诗论。由此也可以看出，《总论》的诗论涵盖了台湾，但是译诗论却遗漏了台湾。在这里，笔者愿意重点推荐《翻译：神思的机遇》（叶维廉）。其二，出现了较为明显的错置。比如吴晓东选入的《黎尔克①的诗》（吴兴华），张桃洲选入的《译诗中的现代敏感》（黄灿然），全都应该——却并未——移入第六卷。其三，也就不难理解，相同的文章，比如《翻译对于中国现代诗的功过》（卞之琳），何以居然同时见于第四卷和第六卷。

另外一个不算多余的问题则是，"翻译卷"，可否调整为"翻译和比较诗学卷"？如果有了这样的分卷设计，吴思敬选入的《从比较的方法论中国诗的视境》（叶维廉），王光明选入的《艾略特和中国现代诗学》（黄维樑），张桃洲选入的《日本俳句与中国"小诗"的生成》（罗振亚）②，如果都有必要，就可以移入翻译和比较诗学卷。特别是王光明选入的《诗可以怨》（钱锺书），因与新诗无涉③，在第四卷中显得甚为尴尬，正好一并移入翻译

---

① 今通译作"里尔克"。

② 姜涛已选入《论小诗》（仲密，亦即周作人）。罗文与此文，似乎有些重复。

③ 钱锺书曾多次直接或间接地揶揄新诗。间接地揶揄新诗，见于《围城》。小说中人物曹元朗和苏文纨（被叙述者），都做白话诗，都受到了钱锺书（叙述者）和方鸿渐、唐晓芙（被叙述者）的冷嘲。至于整个儿新诗（甚至具体到徐志摩），也受到了董斜川（被叙述者）的热讽。参读《围城》，人民文学出版社1991年版，第68–75、82–83页。根据索隐派的研究，方鸿渐和唐晓芙的原型分别是钱锺书和杨绛（一说赵萝蕤），而曹元朗、苏文纨和董斜川的原型分别是叶公超、赵萝蕤和冒效鲁。冒效鲁是钱锺书好友，他的态度，或许接近钱锺书。直接地揶揄徐志摩，见于钱锺书英文论著，可读谢泳《〈围城〉的五个索隐问题》，谢泳《钱锺书交游考》，九州出版社2019年版，第53–58页。

和比较诗学卷。除了上述人物，还可以采补其他若干人物的比较诗学成果，比如《摩罗诗力说》（鲁迅），《中西诗之比较》（吴宓），以及陈世骧、叶嘉莹、余光中、程抱一、赵毅衡、张隆溪、奚密、钟玲、柏桦、江弱水等诗人或学者的相关研究。

列出翻译和比较诗学卷，还可以兼顾志在新诗研究的海外汉学家，比如顾彬（Wolfgang Kubin）、汉乐逸（Lloyd Haft）或柯雷（Maghiel van Crevel）。笔者个人浅见，或应重点关注汉乐逸的卞之琳研究和柯雷的多多研究。

9

第八，要谈谈北京与外省（或中心与边缘）。

《总论》的七位编者，谢冕、赵振江、吴晓东和姜涛都来自北京大学，吴思敬、王光明和张桃洲都来自首都师范大学。毫无疑问，新诗研究的中心恰在北京。这个学术团队，不仅在北京——而是在全国——都具有极为耀眼的代表性。此外，七位编者都居住在北京，也为浩瀚、繁琐而漫长的编纂工作提供了极大的合作便捷。

虽说如此，笔者仍然觉得，这个学术团队或应增补一两位外省学者（包括台湾学者）。大陆外省学者，一时半会儿不便荐贤；但是台湾学者，似乎可以虑及张默、奚密或简政珍。如果真的能够如此这般锦上添花，也许可以更为彻底地掐断那根若有若无的游丝——是的，笔者说的正是《总论》在地域、人际、师承、趣味或学术风格上的那么一点儿北京中心主义色彩。

而就已经成形的《总论》来说，在较小的程度上，也的确呈现出对外省的简慢。在此文的前面各节，笔者对此种简慢已有微言，并先后列出多位外省诗家作为补充。

除了外省诗家，还有外省场域，比如成都和贵阳，比如贵阳的野鸭塘。关于成都，前面各节已经说得太多；关于贵阳与野鸭塘，也许可以推荐《早期民间文学场域中的传奇与占位考察：贵州与北京》（柏桦）。关于台湾，虽然《总论》已选入较多文章，仍然不应该遗漏《台湾的超现实主义》（奚密）——我们不能不承认，超现实主义呢，真为台湾诗带来过浓墨和异彩。也许，最有意思的场域还是异域，这里暂且从简，稍微提及《静静的海流：关于"海外大陆诗派"》（赵毅衡）。

10

说了这么多理想主义的呆话，并非吹糠见米，全是吹毛求疵，自己也不免有些难为情。也许下面这个事实能够让笔者聊以自慰：笔者只能看见成书后的遗珠之憾，却不能悉知七位编者在成书中的割爱之难；也就是说——这样说又有些自夸——笔者写入这篇小文的烦言，或许早就是七位编者的遗憾或隐痛。

至少，我们共同的挚爱还是新诗。

新诗百年,只是童年。截至目前,新诗只是浩繁的半首诗而已,而新诗的理论与批评也只是浩繁的半部诗学而已。《总系》与《总论》,尤其是《总论》,尝脔知鼎,已经较好地还原了半首诗和半部诗学的真相。当然,我们更期待一个青壮年时期,期待汉语英雄和文体英雄,乃至生态诗学英雄,来斧正诗与诗学的完成和不断完成,并有资格致敬于中国古典诗和古典诗学的伟大传统。

2019 年 9 月 5 日

漂木即鲑鱼，鲑鱼即废墟

——读洛夫长诗《漂木》

1

2000年1月13日，洛夫日记有载："近日开始酝酿一首长诗，预计三千行左右，最初定名为《漂灵》，嫌其飘忽空洞，后改为《漂木》。首先，想的最多的是语言策略问题。"[1] 其时，诗人已是七十二岁高龄。这是孤注，还是豪赌？坊间颇有猜疑，诗人意在某奖。此类传言或非无据，因为诗人一落笔，便出示了某种志在必得的凝重。"没有任何时刻比现在更为严肃"[2]。此种凝重对写作来说，当然，无异于二十公斤的钻石项链。好在诗人的念兹在兹，是"语言策略"，而非"故事"，这让我略感宽怀。

---

[1] 洛夫《漂木》，联合文学出版社2014年版，第278页。下引日记，亦见此书。
[2]《洛夫诗歌全集》Ⅳ，普音文化事业股份有限公司2009年版，第179页。下引洛夫诗及简政珍文，凡未注明，均见此书。

在此之前甚或更早，作为诗人，洛夫已经著作等身而卓荦成家。其想象力之诡异，创造力之殊致，无可置疑，早就促成过汉语的崴蕤和美学的磅礴。要讲超现实与新古典的混搭，知性与感性的相反相成，悲剧性与超越性的互勉，魔与禅的共舞，生命之惊悸与历史之感怀的错综，谁又能做到心安理得地避谈洛夫呢？

但是洛夫并没有就此止步，本来已经寿登耄耋，他又奋力完成了如此规模的长诗。2000年11月16日，诗人日记有载："《漂木》全诗的清稿已告完成，共得诗三千零九十二行。"真可谓"烈士暮年，壮心不已"。2001年以降，该诗先后在台湾某刊和北京《新诗界》全文连载，并陆续出版各种单行本（包括英译本），在海峡两岸乃至整个汉诗界引发了惊叹。

2

《漂木》并非一时之来潮，而是一生之化蝶。随便找个角度，就能得到证明。比如"石头"，或者"巨石"。诗人以此自况，由来已久，吟咏再三。来读《巨石之变》，"体内的火胎久已成形／我在血中苦待一种惨痛的蜕变"。那么，在诗人看来，巨石意味着什么呢？——"冷"与"热"的辩证法，"水"与"火"的辩证法，"静"与"动"的辩证法，以及"冰雪"与"岩浆"的辩证法。这既是诗人的性格特征，亦是诗人的文本特征。连时间也只能扮演什么角色呢？不是灭火器，而是助燃剂。早期之证明，除了《巨石之变》，还见于《灰烬之外》，"你是火的胎儿，在自燃中成长"；见于《无题四行》，"在体内藏有一座熔铁炉"；见于《酿酒的石头》，"所幸我仍是 / 你手中握得发热的 / 一块石头"；见于《信》，"只有你 / 深知我很喜欢焚过的温柔 / 以及锁在石头里的东西"。这些作品让我确信，只要一剥开洛夫的青色果皮，就会跳出来一群火狐狸般的内瓤。

晚期之证明，恰好见于《漂木》：

> 从石头里醒来的那人，发现
>
> 他是唯一的裸者，面对他
>
> 所有的柑橘立刻脱下发皱的皮

由此可以清楚地看到，《漂木》此段，不过是"转述"或"重写"《巨石之变》诸诗。这里暂不详细讨论此举的得失（粗略看来，得不偿失），也不详细讨论诗人在晚年如何加剧了"唠叨"、如何加剧了"啰唆"、如何加速了"螺旋式下降"，而只欲挑明——即便诗人渐趋隐退，遭遇过王维式素雪，"火胎"也从来没有停止过生长，甚而至于，"火胎"得了阅历和智慧的滋养，已经不断分娩为响亮的"火婴"。

《灰烬之外》脱稿于 1965 年 8 月 20 日，此日，或可视为"火胎"的受孕日。从某种程度上讲，也可视为《漂木》之源。既有时间之源，就有空间之源。比如，《漂木》虽然脱稿于北美洲那座孤寒的雪楼，但其巨大的块根，却深埋于大陆和台湾的土地。时空的错落也不能掩盖这样一个事实：《漂木》绝不是晚年虚荣和长诗蛊惑所导致的勉力成篇，恰好相反，《漂木》是诗人此前全部作品的合乎逻辑的下游，或合乎逻辑的冲积平原，是佛头的跌破、天眼的睁开、莲花的涌出。《漂木》不得不穿过生命的两岸，就像秋天来到，菊花不得不开放而南山不得不金黄。

3

史诗、长诗或叙事诗为了获取整体上的有机性，常常有赖于某种超自然力量、神谱、预言与预言的次第兑现、地狱与天堂的结构、历史故事、地理学、倒叙或追叙、明喻和博喻、排比、无穷无尽的修饰性定语。比如威廉姆斯（William Carlos Williams）的《斐德生》，就临摹了帕萨克航线："河流在瀑布之上、瀑布自身的灾难、河流在瀑布之下、河流最终汇入了大海"①。

对上述种种屡试不爽的修辞故技或结构模式，《漂木》并无借镜，可见诗人另有所恃。也许，正是"漂木"这个高度意象化的具象，试图不断细密全诗的肌理？根据白灵先生的描述，台湾气候暖化、地震频发、台风强烈、雨量丰沛，加之山势陡峭、水流湍急，常常导致树丛枯死、山林崩塌，在溪河、水库和海岸线上每每冲撞囤积成千万吨的漂木，以伤痕累累之残躯，无言地控

---

① 麦钱特（Paul Merchant）《史诗论》，金惠敏、张颖译，北岳文艺出版社1989年版，第104页。

诉着威风凛凛的人类①。如果洛夫果以"二度流放"作为全诗唯一之题旨，漂木实为最佳之隐喻。"漂泊的年代／河到哪里去找它的两岸？"河滚滚向前，只拥有"半知视角"；但是形而下之漂木，以及与之咬合的形而上之漂木，既可以顺流而下，也可以逆流而上，还能够起落于碧落和黄泉之间，不惟是"最佳隐喻"，还拥有"全知视角"。因此，完全可以依托此一具象结构全诗。但是，我们很快就发现，全诗之标题得之于首章之标题，其余三章转而聚焦于"鲑鱼"、"书札"与"废墟"，未尝稍稍叙及漂木。显而易见，漂木并没有成为全诗各章之通线。

或许诗人之所仰仗不是视角的"统一"，而是主题的"单一"？这个疑问，同样经不起深究。《漂木》共分为四章，第一章《漂木》，通过漂木完成两岸之现实关怀；第二章《鲑，垂死的逼视》，通过鲑鱼再现一己之生命体验；第四章《向废墟致敬》，通过废墟展开多元之文化批判；第三章《浮瓶中的书札》，主题则较为繁复，甚至可以这样说，诗人企图在此一章中用力于所有永恒之诗均曾反复书写的重大母题："母亲""诗人""时间"及"诸神"。主题的丰富性，母题的丰富性，造就的不是一幢单体建筑，而是一座中型宫殿：有祭台，有大厅，有密室，有长廊，到处都密布着活的柱石。

视角的转变与乎主题的迁延将全诗切割成若干板块，各板块

---

① 参见白灵《回归与出离——洛夫漂木的时空意涵》，张默主编《大河的雄辩》，台湾创世纪诗社 2008 年版，第 516–517 页。

相对自足，呈现出几欲割据的态势。我们不得不为诗人捏一把汗：《漂木》究竟应该在何种意义上成立，是一部长诗，还是若干短制？换句话来说，《漂木》是否获得了作为长诗所必不可少的有机性？回答毋庸置疑：也许我们还暂时不明就里，但是，我们可曾在任何一个阅读的半途，抓住过一小队企图逃逸的汉字？可曾在任何两行、两节或两章的中间，雪中送炭般地滴入过三五克万能胶？是的，没有——几乎没有——此种可乘之机。这是因为诗人在创作之初就已经俘获了一种美学思想，并在这种美学思想的涵养下创建了一个象征系统。这种美学思想就是"天涯美学"，其核心乃是悲剧精神和宇宙境界，"在深厚的本土文化和异域的多元文化相互交错进而融会的特殊情境中……一种更为广阔的具有超越性的诗思"[①]。这种美学思想日趋健硕，让诗人的写作忽焉破执，从时代性禁忌、地域性狭隘和意识形态笼盖中破茧，怀揣汉语和汉文化，"去故乡而就远兮"，在阔大的自由和自在中拥有了更加刻骨的漂泊感和更加滋心的宇宙观。《漂木》的意象选择和主题集合无不以此一美学思想为统摄。鲑鱼也罢，书札也罢，废墟也罢，均可视为漂木之变体，与漂木共同构成了一个象征系统，它们承载之种种诗思，终于"归入一个幽黑而渊深的和谐……香味，颜色和声音都互相呼应"[②]。

① 洛夫《天涯美学——海外华文诗思发展的一种倾向》，《星星》下半月刊 2008 年第 2 期，第 273–277 页。
② 波德莱尔（Charles Baudelaire）《应和》，《戴望舒译诗集》，湖南人民出版社 1983 年版，第 122 页。

4

无论是在台湾还是在大陆，文学的畸变，都曾出现过这样一个特殊阶段："伪现实主义"的泛滥导致了"现实"的妖魔化，并让所谓"现实"，呈现出一种"伪浪漫主义"的倾向。假作真时真亦假，流风所及，现实关怀反而崩坏。后来，很多诗人倾向于绕开所谓"现实"，转而关注"内心"或"永恒母题"，并试航于"现代主义"或"后现代主义"的急流。虽然这并不是在说，"现代主义"或"后现代主义"无涉现实关怀；但是我们的确已经发现，在"流光""乡愁""禅趣""梦境"和"爱欲"的裂罅之中，往往只能抖落出几小颗可怜巴巴的"现实"。后来的读者，未来的读者，恐怕很难辨认出我们曾经置身其中的这个时代。

洛夫的前《漂木》时代，亦魔亦禅，已颇有境界，但并未触及较多的"主要历史"。《桌子的独白》是少数例外之一：树被切割成条状和方块，"陡然于天旋地转中站了起来"，做成一张"平衡"的桌子，历经"怒拳""刀子""肮脏的鞋子"和"唾沫"，最后发现"酒过三巡 而民主 / 仍然泡在酱油碟子里不见浮起"。此诗虽用曲笔与隐喻，但是矛头指向台湾"国会"之丑闻和"民主"之笑料，实现了政治批判和艺术创造的双赢，哪怕只是作为一个孤证，也能够让我们对诗人那个"能够消化橡皮、煤、铀、月亮和诗"的"胃"①充满期待。恰在诗人完成《桌子的独白》之前后，我们在一些小说和戏剧中见证了长江上中游"巫傩文化"之处境，进而重历过"文化大革命"及其后"主要历史"之现场。现在，如你所愿，《漂木》将再次出示简政珍所谓"历历在目的临即感"。

漂木的飞行路线由台湾，而上海，而北京，而各地，而台湾，其间由旧上海而新上海，由十年冰雪之北京而一声惊雷之北京，江山绵延，现实斑驳，深情无限，怀恨亦多，颇让我们忆及戴望舒当年在香港孤岛写下的名句："我用残损的手掌／摸索这广大的土地。"与戴诗（一首短诗而已）相比，《漂木》第一章更具多声部特征。我们如此清楚地看到了——洛夫不惟瞩目江山，而且沉思今昔，穿插其中的诸多细节也饱满到了可以放大为编年史甚或断代史的程度。比如"选举。墙上沾满了带菌的口水"，又如"国会的拳头。乌鸦从瞌睡中惊起"，这些诗句，无不勾起波澜壮阔的现实关联。不仅如此，诗人还特别跟踪了人的悲剧：

　　　　他们的手掌握有一把火，他们发现

　　　　被焚烧之前头发都有异议

　　　　怒立，然后化为一股烟

　　　　破帽而出

　　　　一丛极度委屈的

---

① 辛普森（Louis Simpson）《美国诗歌》，虹影、于慈江编选、赵毅衡评注《以诗论诗》，北方文艺出版社 1993 年版，第 124 页。

袭袭

此一章触角远袤，用语简练，将大量随时可能引爆的微型地雷，安放于极度压制的文字空间，恰好印证了诗人多年前对自己的一次告诫，"我尽量把思想缩小／惟恐两岸之间容不下一把瘦骨"。

"我们心中原有的道德律与价值观也都崩溃殆尽"，诗人直面此种废墟与痛景，通过第一章对于两岸现实的抚摸，辅以第四章对于享乐文化、贪渎文化、地摊文化和股市文化的批判，将个人之血与时代之躯媾和于一体，重生出一个痛苦而又痛快的超我。可以断言，因为担当，洛夫已经振衣于千仞。

5

"凡严肃艺术品均预示死之伟大与虚无之充盈"①，这是洛夫的名言，听上去就像是病句。诗人早期所作《石室之死亡》，晚年所作《漂木》，都是为了探颐这样两个矛盾论："死"与"伟大"的矛盾论，"虚无"与"充盈"的矛盾论。两部长诗，一脉相承。然则与前者相比，后者一改紧张艰涩之风格，而呈现出汪洋恣肆之气势。

《漂木》第二章《鲑：垂死的逼视》，较为集中地呈现了"死之伟大"。据诗人自释——鲑鱼出生于太平洋沿岸的淡水河，一

① 《诗人之镜》，洛夫《诗魔之歌》，花城出版社 1990 年版，第 137 页。

年后游向大海，在生命即将结束前开始洄游，数千里溯源之旅均不复进食，有的半途死亡，有的头破血流，终在数千条大同小异的淡水河中准确地找到自己的原产地，射精，排卵，偕亡，鲑尸堆积，腐烂，稀释，化为微生物以供子嗣吸食。"它们一出生即面对一个严肃的问题——生与死。"生之为何物？

生命，充其量

不过是一堆曾经铿锵有声过的

破铜烂铁

但锈里面的坚持仍在

尊严仍在

猛敲之下仍能火花四射

而尊严的隔壁，是

悲凉

再过去一点，是

无奈

被剥了一层鳞甲

发现有一个魔藏在里面

再剥一层

魔又钻到更深处

我们一生最大的努力

只想找到

一个神

死之为何物？

> 死亡
>
> 是一艘刚启碇的船
>
> 满载着
>
> 下一轮回所需的行囊
>
> 以及一身铮铮铁鸣的骨架
>
> 以及，为再下一次准备的
>
> 骨髓里的
>
> 带刺的孤独
>
> 远离昨日，一册翻破了的书
>
> 远离水，云端飘起
>
> 一个早就被拧干了的魂魄
>
> 神，在屋顶偷窥
>
> 我们张口大声呼救
>
> 而满池的荷花依然笑得如此灿烂

鲑鱼赴死，始克完成；诗人坐忘，幡然了悟。正所谓："自从识得曹溪路，方知生死不相关。"[①] 鲑鱼耶，诗人耶，已经莫可分辨。

---

① 玄觉《证道歌》，转引自杜松柏《＜证道歌＞的禅思》，邝健行主编《中国诗歌与宗教》，香港中华书局1999年版，第11页。

在诗人与鲑鱼的对视与互幻中，一种超越性的境界得以达臻。

《漂木》第三章的第三节和第四节，亦即《瓶中书札之三：致时间》[①]和《瓶中书札之四：致诸神》，较为集中地呈现了"虚无之充盈"。"生"与"死"不过是面容的闪现与交替，"时间"才是万事万物的"因"和"果"。这个"大可汗"，永远立于不败之地，将"虚无"分配给每一个草民。诗人对此心有不甘，奋力把钟表拆为一堆"血肉模糊"的零件。但是，"嘘！你可曾听到／皮肤底下仍响着／零星的嘀嗒"。最后，诗人只好寄望于"神"——既非"佛陀"，亦非"基督"，而是那无处不在的"神性"：

神啊，我知道你在那里

在我的皮囊之外

骨髓之内

躲躲闪闪于我

影子的左右

冷

一块寒玉的硬度

和贞洁

一颗在烈火中炼了千年的

黑水晶的心

① 《漂木》第四章《向废墟致敬》中的"向……致敬"之多节均由《瓶中书札之三：致时间》初稿中抽来，由此可见两节在题旨上关涉之深。

"神性"既隐身于外在的"蝉鸣""落叶""盲者双目""酒杯""古剑""废铁""纸片""一尾鱼""以色列的子弹"和"巴勒斯坦的大地",也隐身于自己的"头发""额角""鼻子""老人斑""胡须""眉毛""牙齿""舌头""毛孔"和"骨头"。由于"神性"的涌现,"虚无"不再是痛苦之源,而是对于痛苦的引导、疏散和克服。"我们终于在空无中找到了本真"。所谓厌世主义,不妨邻于大光明。此种境界的达臻,提升了全诗的海拔。

"我的认知是:时间,生命,神,是三位一体,诗人的终极信念,即在扮演这三者交通的使者。"我们看到这位使者的工作堪称出色,以至于他已经自扔皮囊,径直融入了一片澄明,再也毋需辨清那三重苍茫。

6

从前文的论述已经可以看到,洛夫诗具有丰盈的"互文性"(intertextuality,或译为"文本间性")。就像菲尔丁(Henry Fielding)的《约瑟夫·安德鲁斯》,其"前文本"至少包含了《圣经》《堂吉诃德》和《帕美勒》,洛夫的《长恨歌》和《大悲咒》亦各有"前文本",分别是白居易的同名长诗和也许是从印度传来的同名咒语。也许是从印度传来的《大悲咒》,"有音无义,有字无解"①，或可称为"弱小前文本"或"虚假前文本"。

互文性是文本重写中的一种"通假"现象，主要有两种"结果"或"后果"：其一，几面镜子的互照，幻化出了无穷叠影，"这种互文性就是一首特定的诗与诗人努力要征服的一首先驱诗之间的关系"②；其二，只有回收与寄生，最终导致作者之死，"一部文学作品不再是原创，而是许多其他文本的混合，因此传统意义上的作者不存在了"。在大多数情况下，《漂木》处于第一种情形。

洛夫的"前文本"或"上游文本"，其作者既有可能是白居易，也有可能是洛夫。前者或可称为"他人前文本"，后者或可称为"本人前文本"。这里要重点讨论的不是洛夫与"他人前文本"的关系，而是他与"本人前文本"的关系。除了前文曾有论及的"巨石"，此处拟提及《漂木》开篇的"落日"："落日／在海滩上／未留一句遗言／便与天涯的一株向日葵／双双偕亡"。如果我们将这颗"落日"，并视于《落日》《日落象山》《西安四说》《独与天地精神往来而不傲睨于万物》及《血的再版——悼亡母诗》中的多颗"落日"，就会惊叹于诗人为吻合不同心境，往往在间不容发之际，展现了改弦更张穷工极巧的想象力。《漂木》还曾再次写及"落日"："一颗血红的太阳落向城市的心脏／掷地／溅起一阵铜声"。异于前引数例，却如信手拈来。这种手腕恰好印

---

① 洛夫《大悲咒·后记》，洛夫《背向大海》，台湾尔雅出版社 2007 年版，第 36 页。
② 陈永国《互文性》，赵一凡、张中载、李德恩主编《西方文论关键词》，外语教学与研究出版社 2006 年版，第 214 页。下引文字，凡未注明，亦见此书。

证了一个唐朝和尚的法门："取境之时，须至难至险，始见奇句。成篇之后，观其气貌，有似等闲不思而得，此高手也。"[①] "落日"的声光色影被诗人反复剪裁，呈现出万千气象，但又沉堕于悲凉而壮烈的相似语境，这就构成了令人目不暇接的互文性景观。前引"铜声"，当然，也会牵扯出一个"他人前文本"——李贺《马诗》（第四首）："此马非凡马，房星本是星。向前敲瘦骨，犹自带铜声。"洛夫爱李贺，可见一斑，这是闲话不提。

这苏海韩潮般的才情究竟有多深？洛夫的互文性之针一直在探寻。1981年，洛夫完成了《血的再版——悼亡母诗》，写得翻江倒海，读来荡气回肠，实属可遇而不可求可一而不可再的杰作。诗人不愿意就此输给自己，二十年以后，他又写出了《漂木》第三章第一节，亦即《瓶中书札之一：致母亲》。后者在情感的深挚缠绵上或有不及，但在胸襟的宽广博大上则有过之。《瓶中书札之一：致母亲》全文引来了一首脱稿于1983年的《清明四句》，前者犹如汉大赋，后者犹如唐绝句，诗人在两者的交融与错落之中再次辨认了母亲。哀叹与细语，回声也动人。如果将视角从《瓶中书札之一：致母亲》，转移到《瓶中书札之三：致时间》，我们很快会发现，诸如"人"与"镜子"的诘难与和解，"人"与"风筝"的牵连与脱弃，"人"与"巨鹰"或"苍鹰"的并置与互照，等等，均可找到一个并非隐秘的上游：脱稿于1979年的《时间之伤》。《时间之伤》亦可找到一个并非隐秘的上游之上游：

---

① 皎然《诗式》，何文焕辑《历代诗话》，中华书局2004年版，第31页。笔者对引文句读作了调整。

脱稿于 1976 年的《午夜削梨》。

洛夫诗之互文性繁富如此，虽然称不上履险如夷，也算做到了推陈出新。

7

上文论及的互文性，可以纳入广义的形式。在这个部分，我们将更多关注狭义的形式，亦即"对于庸常语法的施暴法"。此种意义上之形式，曾经一度成为文学性的最主要问题。按照这种过激的观点，连内容都仅仅是形式的"附丽"或"阴影"。而洛夫，他只给予形式以恰如其分的礼遇。对于形式的探险和创新，他从来没有止歇过有分寸的热情，或者说他从来没有止歇过热情的有分寸。《长恨歌》《裸奔》《爱的辩证》《书蠹之间》《车上读杜甫》《白色墓园》及《初雪》，乃至蔚为大观的"隐题诗系列"，或一题而二目，或一诗而二式，或散句与骈句夹杂，或正本与副本交错，或突出听觉之抚贴，或强调视觉之冲击，或拆散古人之杰作另起炉灶，或拈出个人之旧句重铸新篇，诗人的机变万千不免令人心动神摇。

《漂木》对于形式之讲究，亦堪称穷形而尽相。诗人尽力避免袭用陈法，带来了至少半新的惊奇感。除了分章、分节和建行上的参差错落，最为引人注目的约有两端：其一，词与词的强行并置。主要见于第一章，亦即《漂木》。比如，"胆固醇。巷子里走出一位虚胖的哲学家"。又如，"回锅肉和豆瓣鱼。一种火辣辣的乡愁"。两个词组，两种物象，相距遥远，若不相关。诗人却让"胆固醇"，取道于"虚胖"，最终与"哲学家"发生关联；让"回锅肉和豆瓣鱼"，取道于"火辣辣"，最终与"乡愁"发生关联。这是什么样的加法呢？ 1 + 1>2。一行之内，而有张力，一行之内，而有上下文。读者的参与度得到了极大提高，接踵而至，都为补白，以至于此类句式，不得不成为接受美学刀刃下的"最佳活体"。其二，问与答的强行分置。主要见于第三章第四节，亦即《瓶中书札之一：致诸神》。此节前两个部分采用问答式结构，第一个部分全问，"神啊，这时你在哪里"，连问十次，问而不答；第二个部分全答，"在……中"，连答六十二次，答而不问；反复之问，"神"不见于任何一处，反复之答，"神"始见于任何一处。其问，让读者手忙脚乱；其答，让读者应接不暇。这是什么样的比赛呢？只有一个选手，作者，他将与自己对打。他在球桌左边一连发出去十个乒乓球，然后以光速飞到球桌右边，像魔术师那样一连接回去六十二个乒乓球。

　　洛夫及其《漂木》的形式主义讲究，让我们终于理解了什克洛夫斯基（Viktor Shklovsky）的懊悔。他用新著《散文理论》，矫正了旧著《艺术作为手法》——旧著提出一个术语"陌生化"，新著却认为这个术语"犯了语法错误"，重新提出一个术语"奇特化"[1]。从"陌生化"，到"奇特化"，从量到质，已经呈现

---

[1] 参读詹姆逊（Fredric Jameson）《语言的牢笼 马克思主义与形式》，钱佼汝译，百花洲文艺出版社1997年版，第41页。

出一个令人兴奋的进阶。奈何"陌生化"已广为人知,"奇特化"却鲜有人知。洛夫及其《漂木》,在一定程度上,既有"奇特化"自觉,亦有"奇特化"效果,或有资格得到什克洛夫斯基的这样几句赞赏:"他不直呼事物的名称,而是描绘事物,仿佛他第一次见到这种事物一样;他对待每一事件都仿佛是第一次发生的事件;而且他在描写事物时,不是使用一般用于这一事物各个部分的名称,而是借用描写其他事物相应部分所使用的词。"[1]

8

按照通行观点,以诗论诗,可以称之为元诗(metapoem)。洛夫曾经写下大量此类作品,与若干古代诗人,比如李白、王维、杜甫、李贺、李商隐及苏东坡,展开了"心有戚戚焉"的跨时空对话。这些作品语言精湛,意境深邃,可以说不分轩轾。为了透过这些古代诗人看清楚洛夫,我在反复品藻之后,斗胆将《与李贺共饮》排为榜首,《走向王维》次之,《李白传奇》及《杜甫草堂》再次之。这种排列同时也就显示了,洛夫与这些古代诗人相契合的不同程度。洛夫前期近于李贺的惊奇,后期近于王维的空灵,由前期到后期的不同阶段,则太白之飘逸多于子美之沉郁。想当年,洛夫像李贺那样骑着毛驴,"背了一布袋的 / 骇人的意象";看如今,他已经牵手王维这株青竹,"进入你最后一节为

① 《艺术作为手法》,茨维坦·托多罗夫(Tzvetan Todorov)编选《俄苏形式主义文论选》,蔡鸿宾译,中国社会科学出版社 1989 年版,第 66 页。

我预留的空白"。

如果现在重读《漂木》第三章第二节,亦即《瓶中书札之二:致诗人》,我们就会陷入一个不算大也不算小的困惑。李白、杜甫和王维都再次获得了诗人的献词,虽然弱于上文提及的同类作品,却体现了诗人坚护重蹈的执拗和另辟新宁的勇敢。至于李贺,这次,似乎已经被忘记得干干净净?除了古代诗人,还有外国诗人,两者情形,惊人相似。洛夫曾写过情深义重的《致诗人金斯堡》,这次,反而是诗人平素不大提及的外国诗人迎来了他的回眸。比如波德莱尔(Charles Baudelaire)、兰波(Arthur Rimbaud)、里尔克(Rainer Maria Rilke)、瓦雷里(Paul Valery)以及马拉美(Stéphane Mallarmé)[1]。是那无双的献词已经不可重写,还是诗人对金斯堡或李贺式的极端美学提高了警惕?是诗人更深地掩藏了自己,还是绚烂之极终归于平淡?我们倘要回答这些问题,定然就会沉溺于长时间的犹豫。

《瓶中书札之二:致诗人》到底"拈出"了什么呢?正方,乃是波德莱尔致力于"腥味",兰波致力于"把语言锻炼成一块磁铁",里尔克致力于"心底的海啸",瓦雷里致力于"猛然一脚踏空的惊悚";反方,乃是马拉美无力于"传统""张力"及"使命感"。此类"拈出",皆是"选择性拈出"。与其说洛夫在指认他者,不如说他在辨别自我。所谓"选择性拈出",皆是"自曝"。正是以上述诸氏为代表的象征主义,包括后期象征主义,而不唯

---

① 均用大陆通行译名,或不同于《漂木》所用。

是超现实主义，为诗人的骨骼注入了高钙。诗人向来鼓吹"修正超现实主义"而非"超现实主义"，恰好也说明，他对反理性主义有所取有所不取。他企图追求更高的境界，那就是中国古典诗学所谓"无理而妙"与"反常合道"①。《漂木》在给李白的献词中所写到的："他把非理性的积木／堆成一个妙趣横生的灵性世界"。这难道不是诗人的"自况"？超现实主义的美学偏见，"纯粹的精神自动性"也好，"梦幻的万能"也好，"无意识"也好，"痉挛性"②也好，取道于洛夫，等来了中国古典诗学的搭救和成全。海外汉语作家面临的双重语境，或两难困局，在诗人这里已经握手言和。这也就完全可以解释，在马拉美之后，何以诗人没有再列出超现实主义诸公——比如艾吕雅（Paul Éluard）、阿拉贡（Louis Aragon）、布勒东（Andre Breton）——的名讳。

除了与若干古代诗人及外国诗人的跨时空对话，洛夫还表述了某种语重心长："诗人的颜面上／又多了几颗后现代主义的雀斑"。"雀斑"，不是什么好事儿吧？所以，诗人调侃了"解构"，调侃了"颠覆"，调侃了"谐拟"。所谓"后现代主义"，乃至"后现代主义之后"，已有端倪，已呈颓势，比如极致的口语化、彻底的游戏性与贫乏的生命感。我们可以把诗人的调侃，视为他对汉语和当代诗的当头棒。

---

① 参见洛夫《诗的传承与创新》，《洛夫精品》，人民文学出版社 1999 年版，第 5 页。
② 参见袁可嘉《欧美现代派文学概论》，上海文艺出版社 1993 年版，第 327–329 页。

大诗成矣。

《漂木》意味着什么？一个满头飞雪的老诗人，他回顾了一个乃至多个时代，反思过一种乃至多种文化，他反刍生命悲剧，重述人间痛史，他徒步于若干深渊，却现身于一座孤峰，神与物游，道器相济，终于在"流放"和"漂泊"之间完成的一部长诗（一部遗言般的长诗）。正如诗人之所暗示，这部长诗呼应了屈原，重点呼应了屈原的《哀郢》。就汉语世界而言，《漂木》或可作为长诗的一个代表；就全球诗歌而言，《漂木》或可作为长诗的一个选手。而在全球诗歌的穹顶大剧场，在长诗贵宾区，《漂木》可望得到一张甲票，坐到第二排或第三排，正前方紧挨着叶芝（William Butler Yeats）的《幻象》或帕斯（Octavio Paz）的《太阳石》。

2009 年 8 月 28 日草成

2022 年 6 月 8 日改定

"我不悲伤秋天从我开始"：安遇评传

1

王家新先生很早就有一个说法，"文学中的晚年"[①]，给我的青年时代留下过一个奥秘——恰如此时此刻的阳台，绣球含苞，天竺葵怒放，给我的中年时代留下了两个奥秘。"文学中的晚年"，在他看来，意味着"黑洞"与"亮光"的深刻辩证法。比如，《秋兴》（八首）之于杜甫，《浮士德》（下部）之于歌德（Goethe）。这是什么样的境界呢？"生命"与"修辞"已然般配到如胶似漆，民主到难分难解，既不见前者对后者的屈就，亦不见后者对前者的枉从。诗人在这种幸福期——通常是在晚年——写下的文学作品，余晖如金，将会清楚地拍摄到其在中年或青年时代的满头大汗。"满头大汗"，当然，就缘于"生命"与"修辞"的别扭（哪

---

① 参读《文学中的晚年》，王家新《没有英雄的诗》，中国社会科学出版社 2002 年版，第 1—7 页。

怕是一毫米的别扭）。

与杜甫和歌德——延及古典诗和西洋诗——相比，新诗的敏感似乎全部放置于天平的其中一个托盘。新诗更多地敏感于"修辞"或"器"的变量，却罔顾了"生命"或"道"的恒量。新诗自有一双儿童之眼，却鲜有一颗老耆之心。因而，新诗擅长于悲恸、绝望、指斥、倾诉和怒气冲冲，甚至擅长于歌颂，却暂付阙如于伟大的喜悦、安详和寂静。新诗总是倾向于青睐青年（其中不乏欢乐英雄），而无暇顾及落日、枯枝、积雪、"悲欣交集"[①]和晚年。如果下文偏要讨论新诗与晚年之关系，"当代诗人或可比肩于歌德或杜甫"，这就定是你的错觉而绝非我的暗示。我之所以即将提及一个密接诗人，一首新诗，只是想要揭开一个小概率真相。

现在，且让我一边怀念初次阅读时的"震惊"，一边享受再三阅读时的"镇静"，向本文读者力荐这首奇迹般的《晚期风景》：

　　有一片森林在我的无人区。

　　我说不出那些树的名字。

　　我站成它们中一员。

　　一棵什么树。

　　安静。

———————————

[①] 弘一法师临终语。

热烈。斑驳。我不悲伤秋天从我开始。

此诗短至六行五十个字，我却毫不怀疑，它将被专业读者或不专业读者一眼判定为杰作。诗人写得如此吝啬，不泥不隔，不粘不滞，直爽，通透，从容，没有任何花拳绣腿。极简主义，拒绝阐释。我的心有不甘，眼看着，也只好从权于"拆碎七宝楼台"——其一，"我"与我。"我的无人区"，这个需要分解，到底是"别人"没去过的"无人区"，还是"我"没去过的"无人区"？"无人区"生长着"一片森林"，而"我"只是"一员"。"我"只是"森林"的局部，"森林"只是"无人区"的局部，"无人区"只是"我"的局部。这样，就出现了两个"我"：一个有限的"我"，一个无垠的"我"，前者从来就没有穷尽过后者。须弥纳于芥子，芥子附于须弥。其二，"我"与"树"。"我"和"我的无人区"，是主体；"一片森林"和"那些树"，是客体。主体是主体，客体是客体，可以说是泾渭分明。"无人区"本来是客体，但是，首次出现——也是末次出现——就立马实现了主体化："我的无人区"。"我"本来是主体，但是，再三出现就逐步实现了客体化："我站成它们中一员"。客体的主体化，主体的客休化，让隐喻终于成为大面积的可能。其三，"我"与"秋天"。随着全诗一步步展开，无垠的"我"隐退，有限的"我"突显，"一片森林"终于只剩下了"一棵什么树"。"我"不知道"树"的名字，这既是对"树"，也是对"我"的低矮化（请注意，对"我"的低矮化，乃是诗人一贯的恶习或良策）。终极语义并非来自低矮化，而来自低矮化后的反弹："安静。热烈。斑驳。"从历时性角度来看，"安静"是此刻的"安静"，"热烈"是曾经的"热烈"。从共时性角度来看，"安静"是身体的"安静"，"热烈"是内心的"热烈"——这里算是留下了伏笔，为后文重点论及诗人的洛丽塔（Lolita）情结。却说"安静"与"热烈"的拉锯，不得不留下累累结痂的、刺眼的、割手的"斑驳"。对"我"的低矮化反衬了对"秋天"的残酷化，而对"秋天"的残酷化又逆推了对"我"的神圣化或虚无化。因而全诗的结尾，好比冰窟里的沸点——"我不悲伤秋天从我开始。"全诗连用八个句号（此外没有任何标点），似乎也就意味着，诗人安心于随时随地的停顿与圆满：由浓转淡，由动之静，由色入空，从"悲伤"鱼跃进"不悲伤"，或从"悲伤"与"不悲伤"鱼跃进看似木然的"我不知道"。

2

《晚期风景》的作者叫作安遇，本名刘安玉，出生于 1949 年，乃是四川省大英县①人氏。此诗脱稿于 2020 年，其时，诗人已过古稀之年。无论就"生命"而言，还是就"修辞"而言，此诗都让我们再次见识了"文学中的晚年"：绝地武士般的无所畏惧，

---

① 1997 年从蓬溪县分出，两者均辖于遂宁市。

相安无事的矛盾，朴素至极的璀璨或璀璨的朴素至极。然而，多么煞风景，我就要放下滑轮，把你们——所有兴致盎然的读者——从山巅直降到山谷。这个意思就是说，现在，我们必须面对他的写作起点，并准备好接受他所选择——或他所容受——的平庸与荒谬。

　　那是在1989年，安遇正值不惑之年，担任蓬溪县计经委办公室主任。某日，他接到了一个光荣任务——约请本市作家，采访本县厂企，宣传工业发展成就。很快，就编出了一本《大潮的旋律》①，收录了十一位作家十八篇报告文学。可是，序言由谁来挂名呢？方案一：县委书记。其弊，得罪县长，写得不好也得罪县委书记。方案二，县长。其弊，得罪县委书记，写得不好也得罪县长。方案三，两者都挂名。其弊，两篇都好则得罪县委书记，一篇略差则得罪县长，两篇都差则同时得罪两者。方案四，两者都不挂名。其利，两者都不得罪。这些都不过是我的推理；至于安遇，他不愿意割卵子②敬神，却愿意张飞绣花或大姑娘上轿——你猜怎么着，他写出了生平第一首新诗，《蓬溪不是一条小河》，作为《大潮的旋律》的代序。"大潮"啊"大潮"，"小河"啊"小河"。现在，情况已经很清楚了——《大潮的旋律》既是一件装置艺术，又是一次行为艺术，还是一个后现代主义的恶作剧，它成功地把十一位作家改造成了临时吹鼓手，不成功地把一个吹

① 四川文艺出版社1989年版。
② 蜀语，意为"睾丸"。蜀中有个歇后语：割卵子敬神——没了卵子，又得罪了神。

鼓手改造成了临时诗人，不知道成不成功地把一首新诗像假发那样戴上了十八篇报告文学的秃头。

安遇终于迎来了作为诗人的元年，由此上溯四十年，我们就要面对他的生命起点。湾叫罗家湾，村叫望五里，镇叫河边场，而县叫蓬溪县，还不叫大英县。当年 10 月，中华人民共和国就要建立；而在 5 月，农民刘正伦和陈兴秀的老三已经呱呱坠地。此后，一切都是那么无奇——1956 年，老三上了河边中心小学，饥饿是他的必修课，刨花生、烤麦穗、偷枣子、摸鱼儿、逮老鼠是他的选修课。一切都是那么无奇——1962 年，他上了象山初级中学，饥饿是他的必修课，苏俄小说是他的选修课。一切都是那么无奇——1965 年，他上了蓬莱高级中学，参加红卫兵组织是他的必修课，欧美小说是他的选修课。三天打鱼，两天晒网。一切都是那么无奇——1969 年，他回到罗家湾，当过生产队的记分员和保管员，当过泥瓦匠、代课老师、民工和宣传队员。一切都是那么无奇——1972 年，他当了工人，后来转成了干部。一切都是那么无奇——1977 年，他结了婚，次年得了女儿。一切都是那么无奇——1981 年，他调入了蓬溪县工交部（亦即经委和计经委的前身），机关是他的必修课，当代小说是他的选修课。

他写出了生平第一首新诗，并没有垒出来一道隆起的分界线。一切还是那么无奇——1991 年，他调入了蓬溪县政协文史委；1995 年，他调回县计经委；1997 年，蓬溪县分设大英县，他调入大英县政府办公室；2001 年，他调入县人大财工委；假如不写诗，他也许可以当个分管工业或文教卫生的副县长吧？一切还是那么无奇——1996 年，他与胡传淮点校了《王灼集校辑》[①]；1999 年，他与胡传淮合著了《大英风物志》[②]；2002 年，他出版了诗集《大路是一支黑色的盲人音乐》[③]；2006 年，他出版了诗集《稗史》[④]；假如不写诗，他也许可以当个不可能太勤奋的地方文献工作者吧？一切还是那么无奇——2009 年，他退休了，其后住过遂宁，住过成都，住过上海、杭州和北京。

他的人生如此中规中矩，如此顺风顺水。什么都没有，也许什么都没有——没有杰出的小破绽，没有充满快感的偷着乐，没有任性的旁逸斜出，没有神勇的试错，没有传说中的豹变，没有野马脱缰，没有壮士断腕，没有忽然接通电流时的伟大意外。一直是这样，似乎一直是这样——他依然爱穿黑色对襟纯棉上衣，爱戴黑色长舌帽，依然深黝，依然瘦削，依然懒散，依然伤感，依然羞愧，谦卑到有点儿假，固执到有点儿凶，依然患得患失，依然轻手轻脚，依然爱抽烟，依然爱喝酒，买单的积极性有所提高，依然艳羡九十三岁的齐白石欲娶二十二岁的女护工。

---

① 巴蜀书社 1996 年版。王灼（约 1105—约 1181），四川遂宁人，宋代科学家、文学家、音乐家。
② 巴蜀书社 1999 年版。
③ 中国文联出版社 2002 年版。
④ 重庆出版社 2006 年版。书名为笔者所取也。

3

　　安遇的乡梓可以由河边场扩大到大英县，再由大英县扩大到遂宁市。这样，我们就可以在　个得体的范围内，来叙及一个本土文学传统——清代，应叙及象山镇的钟瑞廷 ①，黑柏沟的张船山 ②；明代，应叙及西眉镇的黄峨 ③；宋代，应叙及小溪县 ④ 的王灼；唐代，应叙及回马镇的贾岛 ⑤ 和金华镇的陈子昂 ⑥。然而，真相足以让人放声大哭——安遇几乎绝缘于这个本土文学传统，甚而至于，几乎绝缘于整个古典文化传统。他根本就没有浏览过《陈伯玉集》《贾长江集》《杨升庵夫人词曲》，更不用说卷帙甚多的《船山诗草》和罕见的《龙溪诗草》。他并非一个顽固的传统虚无主义者，却被强行搁放于一个寸草不生的传统断裂带。后来，他写过一首《在陈子昂读书台，我看见他站在崖上远眺的背影》，还写过一首《长江坝贾公祠我去看过了》，但是并不表明他乐于较为深刻地沐心于传统之薰——这是讨论安遇的一个极其重要的前提，也是一个令人遗憾的前提。至于安遇对贾岛的更多亲近感，"后来去河岸上走，你会突然想起贾岛这个名字本来就荒凉，你看见你的影子很荒凉"，则缘于两者担任过几乎一样

① 钟瑞廷（1805—1884），四川大英人，清代诗人，易学家。
② 张船山（1764—1814），四川蓬溪人，清代诗人。
③ 黄峨（1498—1569），四川安居人，明代散曲家。
④ 今遂宁市船山区。
⑤ 贾岛（779—843），河北涿州人，唐代诗人。
⑥ 陈子昂（659—700），四川射洪人，唐代诗人。

的小官职——后者曾任长江县主簿，前者曾任大英县政府办公室副主任，而长江县，恰好位于大英县回马镇。

诗人早期的文学营养来自哪里呢？并非中国，而是外国。在象山镇，亦即初中时段，他囫囵读过《叶甫盖尼·奥涅金》《死魂灵》《毁灭》《铁流》及《钢铁是怎样炼成的》；在蓬莱镇，亦即高中时段，他囫囵读过《高老头》《红与黑》《德伯家的苔丝》《复活》及《约翰·克利斯朵夫》——诗人的启蒙课，可谓历历在目：其一，大都是"小说"或"叙事性作品"，而不是在经验或修辞里出生入死的"现代诗"；其二，大都是"主流读物"，而不是禁果般的"非主流读物"；其三，大都是"前现代主义"或"革命现实主义"，而不是在锯齿上翩翩起舞的"现代主义"。这样的营养给诗人造成的最直接的后果，就是他试图用"新诗"，来完成"小说"或"小说系列"的任务。比如，他后来写出了一个"人物志系列"。最直接的后果，也许，并非最严重的后果：我早就看了个分明，曾经多少年，安遇喜滋滋地受用着——或者说陷落于——某个平均主义美学的泥淖。

从某种程度上来讲，上文的"叙述"，只算是此刻的"伪叙述"。因为，我已经故意拧上了一个关键阀。二十年前，我问安遇："你读过戴望舒译的洛尔迦吧？"他很吃惊，就反问我："你怎么知道？"是的，洛尔迦（Federico Garcia Lorca）就是这个关键阀。那是在六十年代和七十年代之交，安遇参与修建星花水库，抬石头卖力，就得到了上帝从西班牙送到大英县的礼物：一册单薄而又电光四射的《洛尔迦诗钞》[①]。前文曾有提及的叙事诗或长篇小说,与这部诗集相比,只算是安遇的兴趣班。《洛尔迦诗钞》才是真正意义上的启蒙课——安遇一定读了很多遍,以至于五十多年来,他随时随地都能即兴朗诵其中段落。比如,"绿啊,我多么爱你这绿色。/绿的风,绿的树枝。/船在海上,/马在山中。"——出自《梦游人谣》。又如,"在下午五点钟。/恰恰在下午五点钟。/一个孩子拿了一条白被单/在下午五点钟。"——出自《伊涅修·桑契斯·梅希亚思挽歌》。《洛尔迦诗钞》不知何处来,不知何处去,安遇很是怅惘。我曾去旧书网淘来一册《戴望舒译诗集》[②],送给诗人,其功德约等于帮助他重历初恋。回头却说洛尔迦对安遇的影响,主要体现在两个方面:其一,"民俗趣味"与"民谣调性";其二,"极简主义"与"瞬间的真实感"。洛尔迦的咒语如同青春美少女,诱惑了——拥抱了——抚摸了——勒索了——训练了——报答了——且闷且骚的文学小处男安遇。

4

安遇的作品大都不署时间,况经多次修改,以至于很难分期归类。就总体和大体而言,目前,或可暂时厘为三个阶段:自1989年至2006年,四十岁至五十七岁,乃是见习期,或可称为

---

① 戴望舒译,施蛰存编,人民文学出版社1956年版。"钞",通"抄"。
② 湖南人民出版社1983年版,收录有《洛尔迦诗抄》。

黑铁时代；自2006年至2009年，五十七岁至六十岁，乃是过渡期，或可称为青铜时代；自2009年以降，六十岁以来，乃是收获期，或可称为白银时代——2011年，他出版了诗集《后来我们说》[①]。

诗人的黑铁时代来得太晚，历时太长，不免显得尤为悲壮（夹带着尴尬）。其间，他先后出版两部诗集，所录作品，可以归为三个诗组：其一，"风俗志系列"。比如《一个南瓜，就是一个铜矿》及《突然的唢呐声》。都是写风俗，或"风俗想象"。这个诗组几乎没有杰作，姑且来读《突然的唢呐声》（后半首）：

小小花轿

摇晃喜庆的日子

大地三起两落

翻过山冈

娘家人占据村口

母亲

回到高高烛台

此诗还算写得干净，利索，亦颇有画面感。那么，问题出在哪里呢？答曰：视角（angle of view）。此类"拟民谣"形似洛尔迦的"深歌"（deep song），然而，前者采用了"文人视角"，后者采用

[①] 四川文艺出版社。此书所录半数作品，仍为黑铁时代的旧作或改稿。

了"吉卜赛人视角"。我们有充足的理由相信：洛尔迦混迹于一群吉卜赛人，载歌载舞，安遇则负手而立，躲在一箭之外遥望篝火。其二，"人物志系列"。比如《吕历》及《捉刀人李兄》。都是写小文人、小吏或暴发户，慷慨急难，故而亦可称为"小城好汉列传"①。这个诗组完全没有杰作，不引。问题出在哪里呢？

答曰：言语（speech）。是的，言语而不是语言（language）。"新诗言语"与"小说言语"，并非彼此排挤，倘直接以后者冒充前者，却不能不说是新诗的游手好闲。姑且不论诗人之所经营，是所谓"扁平角色"（flat character）呢，还是所谓"圆整角色"（round character）②？其三，"地理志系列"。比如《罗家湾》及《石马乡·罗都复庄园》。都是写方圆几十里的小地方，或"小地方想象"。这个诗组横穿两个时代，黑铁时代没有杰作，不引。问题出在哪里呢？答曰：景深（depth of field）。我与安遇都曾商榷"地方主义"，转而提出"小地方主义"。"小地方主义"，或可解释为"小地方形而上学"。小地方既有"五官"，亦有"背影"，后者才能紧邻"形而上学"，后者才有更大决心去求得两进三进的"景深"。而在倒霉的黑铁时代，诗人沉溺于"五官"，还不懂得如何去品藻乡梓的"背影"。现在，我是多么愿意与我的判断力为敌，以便否认或捂住这样一个结论：两部诗集，三个诗组，均已归于失败。

---

① 戏拟韩东小说《小城好汉之英特迈往》。
② 参读鲍昌主编《文学艺术新术语词典》，百花文艺出版社 1987 年版，第 230 页。"扁平角色"和"圆整角色"，都出自福斯特（Edward Morgan Forster）的《小说面面观》（*Aspects of the Novel*）。笔者没有见过此书。

诗人似乎刻意要与读者比赛耐心，很显然，读者已经想要认输。如果不是我给读者打过招呼，谁还眼巴巴地指望"地理志系列"从黑铁时代跨入青铜时代，谁还眼巴巴地指望白银时代慢慢长出一条黄金尾巴（希望是松鼠尾巴而不是兔子尾巴）？

5

安遇的美学革命，"点铁成金"，自有前因后果。比较其不同阶段的作品，或作品的不同阶段，不免令人重建了对破茧化蝶的信任。如何入手，也费思量。方案一，比较《大路是一支黑色的盲人音乐》。这首诗前后写了三版：A 版脱稿不晚于 2002 年，共有四节二十四行，次第叙及"大哥""姐姐"和"小妹"；B 版脱稿不晚于 2011 年，共有三节六行，A 版中"大哥""姐姐"和"小妹"均被改为"有人"，"影子"和"歌声"的"忧伤"被改为"黑夜"和"大地"的"忧伤"；C 版脱稿不晚于 2021 年，只有一节七行，A 版 B 版中的"忧伤"均被删掉，但是反而密布着空气般的"忧伤"。C 版渐有成为好诗的气象，而所用减法艺术，或可类比于毕加索（Pablo Picasso）的公牛图。公牛图前后画了十一版：A 版渴欲具象化，B 版更加具象化，C 版去肉存骨，D 版渴欲抽象化，E 版更加抽象化并尝试夸张化，F 版渴欲线条化，G 版渴欲简化，H 版更加简化并渴欲变形，I 版去掉色块，J 版高度简化，K 版极致简化，只留几根线条传神："公牛之为公牛的必要线条。"呵呵，抬出毕加索，算是便宜了安遇。

方案二，比较《罗家湾》。同题诗前后写了两首：A诗脱稿于2003年，但写乡梓的"五官"，不引；B诗脱稿不晚于2011年，转写乡梓的"背影"，"剩下这些，山叫青山，云叫白云，静如汉语的童年"，举而求得二重"景深"——空间之"景深"，时间之"景深"，情感之"景深"——故而，读来颇有隔世之感。"地理志系列"而有此诗，算是挽回了一点儿颜面。前文已有点睛，此处不再添足。往事如烟，追忆胜酒，且借纸角补记一条轶史：十余年前，我向安遇建议，如言"汉语"，当言"童年"，本以为会被婉拒，孰料诗人连声叫好立马照改。沿用至今，与有荣焉。

方案三，比较《父亲》和《最后的人间》。前者是挽父诗，脱稿不晚于2002年；后者是挽母诗，脱稿于2007年。其父卒于1978年，享年六十八岁。其母卒于2007年，享年九十岁。据诗人深情回忆，其母缠过脚，乃是真正的乡村美女，且善于制衣、绣花、画图和做菜。这且不提；先来读《父亲》：

像经过冬天的草垛

父亲的影子，在大田的暮色里

矮下去

没了

房前的芦竹，是儿女洪亮的哭声

长起来

长起来，胀破肢节

再来读《最后的人间》：

把手放下，就是把什么都放下

那天，你那样平静，就像那个黄昏

在青山落日之中，有人在天黑前匆匆赶路

有狗吠传来，有人大声呵斥孩子

抱柴火回家，就在那个时候，

你让我们后来一直相信，那天我们看到的

好像你真的是，放心地走了

《父亲》和《最后的人间》在主题上十分接近，在境界上却有云泥霄壤之别。究其主要原因，不外三个方面：其一，情感。前者显露，后者深藏。其二，力量。前者用强，后者示弱。其三，修辞。前者有技巧，后者无技巧。前者有声无泪，后者有泪无声。前者呈现了什么？一首诗。后者呈现了什么？一片白茫茫。死亡不容言说，悲恸无从倾诉，哪里还能顾及"诗"与"修辞"？只好无话找话，只好顾左右而言他，只好转而叙及"黄昏""青山""落日""有人""狗吠""有人""孩子"和"柴火"。希尼（Seamus Heaney）对毕肖普（Elizabeth Bishop）的小半句评语，恰好可以移用于《最后的人间》："将技艺、形式当作是某种分神之物"①。这个评语，本有前提，我也就只好佯装不知。据说安遇与孙琴安先生相见于北京，后者念读《最后的人间》，竟至失声痛哭，前者在一旁反而手足无措。话说到这个程度，我已不忍再挑剔此诗。读者欲有更多体悟，可比较王家新的《布罗茨基之死》。

6

大约等到过了耳顺之年，安遇逐渐结晶出某种诗学。这种诗学很像庄子所说的"混沌"，我们不能，也不可能凿出它的"眼睛""耳朵""鼻孔"和"嘴巴"。否则，就会害死"混沌"。不过，安遇所喜欢的诗人与诗，也许可作为这种诗学的注脚。他常公然宣称，而且不容反驳："读一个诗人，只需记住两三首诗。"先来列举当代诗，比如痖弦的《盐》，昌耀的《高车》，多多的《少女波尔卡》，于坚的《米罗画册》和《恒河》，顾城的《丧歌》，柏桦的《骑手》，韩东的《格里高里单旋律圣歌》，以及陈先发的《岁聿其逝》②——2006 年，安遇与柏桦相识于平乐诗歌节；2013 年，安遇与于坚相识于青海湖诗歌节。再来列举异域诗，比如弗罗斯特（Robert Frost）的《牧场》，威廉姆斯（William Carlos Williams）的《红色手推车》，米沃什（Czeslaw Milosz）的《在

---

①姜涛译《数到一百：论伊莉莎白·毕肖普》，吴德安等译《希尼诗文集》，作家出版社 2006 年版，第 376 页。
② 这个诗题出自《诗经·蟋蟀》。

月亮》，特朗斯特罗姆（Tomas Tranströmer）的《自1990年7月》，希尼的《追随者》，阿米亥（Yehuda Amichai）的《葵花田》，以及吉尔伯特（Jack Gilbert）的《美智子死了》和《在翁布里亚》。你看看，现在，安遇既会念洛尔迦的半神秘咒语——"绿啊，我多么爱你这绿色"；还会念弗罗斯特的神秘咒语——"我不会去得太久——你们也来吧"。他如何完成"挑选"？主要是靠"邂逅"——我知道，他很少有耐心通读一部诗集。前述诗人和诗，既偶然，又必然，组成他的"诗之共和国"。也许，于坚的《便条集》，就描绘过其间风景："在春天山冈／我们像刚刚长出的新叶／碰了碰手"——差点忘了说，这也是安遇很喜欢的诗。

威廉姆斯有句名言，"No ideas but in things"，我曾试译为，"没有抽象除非及物"。安遇一度把此语奉为金针；而从上文的流水账还可看出，诗人对轻逸的迷恋，对温柔的包庇，对简单的宠爱，对平静的信任，对悲伤的克制，对少女的崇拜，对身体的迁就，对细节的赏识，以及对死亡的猜度。凡此种种，让诗人不得不偏安于轻摇滚与小色情。然则，哪里又会如此平面化？在某种程度上，诗人还悟得或践行了——轻逸与沉重的辩证法，温柔与温柔之闲置，简单的眼花缭乱，平静的波涛汹涌，悲伤与平静的辩证法，少女与少女虚无主义的辩证法，身体的小规模内乱，从细节中挖出形而上学，以及对死亡的宽恕和哀而不怨。

借此机会正好插叙一个小故事，这个小故事包括五个关键词：旅行团，亚朵酒店，"窃书不算偷"论，轻逸，还有卡尔维诺（Italo

Calvino）。2018年11月，若干文人和伪文人组建了旅行团，他们意在探秘中原，由河北入河南，游历了石家庄、正定、安阳、开封、巩义、洛阳、渑池、三门峡和灵宝。沿途见识了哪些奇迹呢？隆兴寺、殷墟、仰韶、繁塔、少林寺、杜甫墓、白马寺、龙门石窟、白居易墓、红旗渠、函谷关、古虢国青铜器、黄帝陵及三门峡水库。在石家庄的一个间隙，我约上安遇等三位诗人，还去祭扫了陈超的青铜之墓。后来是在安阳呢，还是在洛阳，我们住进了一家亚朵酒店。亚朵酒店的早餐厅，摆放了一两个小书架。我去看了看，对安遇说："有本书不错哦。"诗人A对安遇说："任务交给你了。"安遇对她说："我的包太小啊。"诗人B对安遇说："清空了重装嘛。"于是诗人B负责清空，诗人A负责重装，一切如意，安遇才默默地拿走了他的包（一个斜挎包）。众诗人昂然步出早餐厅，女侍者躬身致意，并没有察觉到安遇正在反复练习颤抖。当晚，我就看了那本书——正是卡尔维诺的《美国讲稿》，共六章，开篇就谈轻逸，似乎恰好是谈安遇式轻逸："我想我已证明了两种轻的存在：庄重之轻与浮佻之轻。然后又证明了庄重之轻可使浮佻之轻显得沉闷。"①

---

① 卡尔维诺《美国讲稿》，萧天佑译，译林出版社2012年版，第10页。这次我没有忍住，对译文略有润色。读者如有心，可找来原书比对。

7

前文曾有叙及亚朵酒店的"女侍者"，兹事体大，很有必要重拾话题。为何这么讲？河南的女侍者，也许吓跑过安遇腹笥中的某首诗（一个偶然事件）；而纽约的女侍者，居然逗出了科恩（Leonard Norman Cohen）计划外的某首诗（一个必然事件）。现在，暂且掐断这个绕口令，来读安遇的《老科恩还在写诗》：

> 后来，老科恩的统治就只是一个少女了
>
> 今天早上
>
> 餐厅的女侍者叫了他一声
>
> 亲爱的
>
> 老科恩一高兴
>
> 又写了一首

此诗叙及的"老科恩"到底会是谁呢？他生在加拿大吗，他是歌手、诗人和小说家吗，他谱写过《哈利路亚》（"Hallelujah"）吗，他将在三年后死在美国吗，他已被或将被《纽约时报》誉为"摇滚乐界的拜伦（Byron）"吗？不！这个"老科恩"，正是"老安遇"，前者正是后者的"镜像"。从来没有无缘无故的"镜"，也没有无缘无故的"像"。然而，与其说此诗，直接虚构了"老科恩"的写作史；不如说，曲折揭示了"老安遇"的洛丽塔情结。恰是从这样的角度立论，我才提前设置了两块花梨木路标："吓跑"，乃是一个偶然事件；"逗出"，才是一个必然事件。另外，若论清爽与洗练，此诗或可冠于安遇全集。此诗脱稿于 2013 年，其时，诗人已经迎来了他的收获期。为了让本文获得合理的重心，下文之引诗，大体上亦不再早于诗人的白银时代。

安遇当然看过纳博科夫（Nabokov）的《洛丽塔》①，他看完了电影，没看完小说——真是令人遗憾，电影怎么能媲美于小说呢？这部小说或电影的重要性，对诗人来说，或不亚于《洛尔迦诗钞》。他曾把《心中的水域》，修改为《因为，因为——给纳博科夫》，前者脱稿不晚于 2002 年，后者脱稿不晚于 2011 年。那么，怎样才算有资格做一个"亨伯特先生"？纳博科夫如是回答，"你一定得是一个艺术家，一个疯子，一个无限忧郁的人，生殖器官里有点儿烈性毒汁的泡沫，敏感的脊椎里老是闪耀着一股特别好色的火焰，"末了又说，"噢，你得如何退缩和躲藏啊！"这个小说家真是料事如神，我的意思是说，他早就预言了诗人的"泡沫"和"火焰"，同时预言了他的"退缩"和"躲藏"。记得安遇对我说："我没看过汤加丽②。"又对我说："我不喜欢巫女琴丝③。"那种口气，像隔壁阿二，几乎带着威胁。来读他的《速度》（前半首）：

① 主万译，上海译文出版社 2005 年版。下引纳博科夫，凡未注明，均见此书。
② 汤加丽（1976—），安徽合肥人，演员，人体艺术模特。
③ 巫女琴丝（1982—），或名龙真真，或为四川人，其诗惊艳四座，其人不知下落，某个好事者已将其诗结集为《小乳房》。

我把我变成一颗子弹

我把我打出去

击中她

我认得她有半分钟了

我有这个想法已经一生一世了

我十七八岁

我已经苏醒

春天已经苏醒

多漫长的时光啊

十七八岁的美少年走过河堤

十七八岁的坏小子翻过院墙

纳博科夫的出现让我感到特别幸福，因为，他已经用《洛丽塔》阐释或过度阐释过此诗。姑且引来两节文字：其一，"我占有了她——而她根本不知道"；其二，"虽然我披着成年人的伪装从她身旁走过，但我空虚的灵魂却设法把她的鲜明艳丽的姿色全都吸收进去"——其实，整部小说都可以视为此诗的注脚（这该是多么烦冗、华丽而高级的注脚）。却说"安遇先生"和"亨伯特先生"越来越老，却都是"美少年"，都是"坏小子"。你看，纳博科夫的水平就是比我高——在他看来，"亨伯特先生"就是"美少年"和"坏小子"的伪装；而在我看来，"美少年"和"坏小子"却是"安遇先生"的伪装。老还小，小还老，剪不断，理还乱。自然，我也有我的根据——当年我编诗刊，要注明作者生年，却遭到安遇的奋力反抗。他对我说："没法玩了。"后来我才知道，他隐身于互联网，正与一拨小鲜肉聊得火热。装嫩而已，抱残而已，有点可爱，有点可怜。他有他的不老实，我有我的不厚道。现在好了——按照纳博科夫或亨伯特理论，扭乾为坤，反而倒是我——而不是安遇——想要掩饰某个真相。

"我就是个小老头，"安遇多次对我说，"哪有什么洛丽塔情结？"言毕，从斜挎包里掏出一个水杯。这个水杯什么样儿呢？很细，很短，很红，很粉，像是一朵圆柱体的桃花。他仰头喝了一口水，我立马呛了几口水。居然有这样的神器？无奈，我便只好服输，只好佯装承认——他没写过《这个春天的风》，没写过《那就是桃花啊》，没写过《在河堤上》，没写过《我在》，没写过《荷在荷田》，没写过《上弦月》，没写过《美术课》，也没写过《我的马头呢我的琴呢》或《偷不如偷不着》。我便只好承认——他没有许过愿，像"亨伯特先生"那样："让她们永远在我四周玩要，永远不要长大。"哎呀，"偷不如偷不着"，我信。"有贼心没贼胆"，我信。"说起爱情，我都脸红"，我信。纳博科夫是怎么说的？"一个守法的胆小鬼。"但是，安遇也会承认——他写过《地下铁》：

退后一步，再退一步，靠边

在时间的悬崖上，你就是一间移动的老房子

她的肉身压痛了你的本分，肋骨，和善良

还要回过头来狠狠挖你一眼

让你速朽

这是在写什么？其一，洛丽塔的独立日（多么狠心）；其二，洛丽塔情结的受难日（多么绝望）。"安遇先生"与"洛丽塔"，各自东西，再无瓜葛。至于"亨伯特先生"，他永远——永远——念念不忘："早晨，她是洛，平凡的洛，穿着一只短袜，挺直了四英尺十英寸长的身体。她是穿着宽松裤子的洛拉。在学校里，她是多莉。正式签名时，她是多洛蕾丝。可是在我的怀里，她永远是洛丽塔。"从这个更加微观的角度来看，安遇只算是"小半个亨伯特先生"，他的洛丽塔情结只算是"洛情结""洛拉情结""多莉情结"或"多洛蕾丝情结"。多洛蕾丝（Dolores）有个拉丁语词根（dolor），意为"悲伤"或"痛苦"。这样，七拐八拐，我们似乎找到了"安遇先生"和"亨伯特先生"的分野：后者坐享"邪恶"，前者空余"悲伤""痛苦"和"速朽"。

8

"洛丽塔系列"可视为一个大诗组，在安遇全集里面，占有数量上的绝对优势。倘若现在转而论及《他们》，就像论及一次意外事故。《他们》共有十首，脱稿于 2016 年，或可称为"自杀者系列"。这个诗组的文字，诗人已注明，全都摘录自中国青年报记者宣金学的一篇田野调查报告：《农村老年人自杀的社会学研究》①。此种极端实验，此前并不罕见。赵思运就曾将某官员的包养协议书，某导演的道歉信，某主持人的答记者问，某死者的遗书，某落马官员的法庭辩护词，以及若干名人日记、书信、语录、影视剧台词、征婚启事、声明书、课文、数学题、小学生作文、社论、旧标语乃至标语口号直接分行排列。公开掠夺，肆无忌惮。柏桦的《史记》，前后两部，亦屡用此法。现在轮到安遇，来读《无名者1》：

　　老人要自杀

　　但怕子女不埋他

　　便自己挖了个坑

　　躺在里面

　　边喝农药

　　边扒土

再来读《夫妇俩1》：

　　一对老年夫妇同时喝农药自尽，老

---

① 中国社会科学网，2014 年 7 月 30 日。

太太当场死亡，老爷子没死，但他
们不送他去医院，第二天家里人给
老太太办丧事，就让老头躺在床上
看。第三天老头毙命，他们就着为
老太太办丧事的灵棚立马为老头办
了丧事。

如果把《农村老年人自杀的社会学研究》称为"元文本"，那么，《无
名者1》和《夫妇俩1》——乃至整个儿《他们》——可称为"复
文本"（这两个术语，都是我的杜撰）。从"元文本"到"复文
本"，出于某种必要，有时诗人也会增减一两个字，删改一两处
标点符号。可见"复文本"对"元文本"的"扰动"，约等于"零
扰动"，大异于通常所谓"故事新编"。

现在，安遇抛给了我们两个问题——其一，《他们》的作
者，是安遇呢，还是宣金学？"复文本"与"元文本"的关系，
大概只有两种：一种是"戏拟"（parody），亦即台湾学者所谓
"嘲弄模拟"，"复文本"将扭转"元文本"的走向，力促悲
剧的喜剧化或喜剧的悲剧化；一种是"重拟"（zhòngnǐ 而非
chóngnǐ），"复文本"将涂深"元文本"的色彩，再推喜剧的
喜剧化或悲剧的悲剧化。"戏拟"，赵思运之所为也；"重拟"，
安遇之所为也——这也就能解释，何以其诗总是缺乏幽默感。那
么，从"元文本"到"复文本"，安遇的能动性见于何处？答曰：

一是挑选"元文本",二是重排"元文本",三是赋予"复文本"以"元文本"身份。于是乎,诗人消失于"字",却显现于"无字"。为何"复文本"的斤两更足?诗人已向字里行间,塞进了若干无形之物。因而,安遇或可算一个"弱作者"——两相比较,赵思运则堪称一个"强作者"(这两个术语,也是我的杜撰)。《他们》的"原作者"是宣金学,"弱作者"是安遇,后者是前者的附议者或提携者。这样,算是解决了《他们》的"作者合法性问题"。

其二,《他们》的属性,是文学呢,还是社会学?社会学并不排斥"文学性",文学也不排斥"社会学性"。但是,毕竟两者各有规范。如果"社会学文本"直接分行排列,就能得到"诗文本",那就意味着所有记者均可兼做诗人。很显然,绝无此种可能。社会学依赖"历史想象力",诗依赖"文学想象力"。在多数情况下,前者远逊于后者。然而,凡事皆有例外——比如说,"历史想象力"偶然反超了"文学想象力";或者说,"历史想象力"直接释放了"文学想象力";就是说,真实素材已经具备的"震撼效果"反超了修辞可能达臻的"夸张效果"。在这种罕见的情况下,诗人终于得到契机,将社会学的钉子强行放大成文学的殿堂。既然新诗可以作为报告文学的代序,社会学研究报告也可以成为新诗的正文。取道于"唯现实"?足矣。安心于"零修辞"?可也。这样,算是解决了《他们》的"文本合法性问题"。

《他们》是一件事先张扬的抄袭案①，一次不留痕的改写，一种无招的有招，一次后现代主义的冒险。以其沟通了历史性与当代性之重，既拍出了高像素的绝望感，又唤醒了匍匐在地的人道主义，故而，明显具有斧头或某种钝器留下的质感。可见安遇仍然萦怀于乡村，萦怀于晚年，萦怀于非正常命运。我现在也才更深地理解了——在西山的松树下面，何以安遇向我们提问："你们是否脱离了草根？"而他，可以像洛尔迦那样作答："没有，我还是我。纽约的沥青和石油改变不了我。"②

9

如果说安遇的诗已经得到了有效传播，那也是局限于一个小范围。这个小范围包括已经退休的研究员，即将退休的教授，老诗人，自负的名诗人，副教授，老是写不完论文的博士生，草根诗人，外省诗人，二十多岁的小诗人，以及隐居在数据科学里的译诗天才。时间来到2020年，经柏桦介绍，安遇认识了李赋康先生。后者甚为推重某诗，连日斟酌，终于将其译成英文。来读《我的马头呢我的琴呢》（"My Horse Head, My Fiddle"）：

二月细草穿沙。

February, baby grass budding out of sands.

---

① 戏拟马尔克斯（Gabriel García Márquez）小说《一件事先张扬的凶杀案》。
② 转引自北岛《时间的玫瑰》，中国文史出版社2005年版，第25页。

三月小清新。

March, vital and fresh.

四月短裙子。

April, in short skirt.

五月错乱,你跟着错乱。

May went crazy, and you followed.

六月迫不及待。

June came after with no delay.

哎草原是她的也是你的吗。

It's her grassland, and yours too.

七月依然孤独。

You stayed alone as usual in July.

八月去了青海。

You went to Qinghai in August.

九月翻过天山。

You climbed Mt.Tianshan in September.

哎草原的呜咽是她的也是你的吗。

It's her sobbing grassland, and yours too.

小蹄子呀。

Oh sweet little thing.

此诗当然亦可列入,甚至冠于"洛丽塔系列"。全诗共有十一行——

第一行，写春寒料峭无疑；第二行，不知是写风景，还是在写女孩；第三行，写女孩无疑；第四行，不知是写节令，还是在写男女；第五行，不知是写节令，还是在写心情；第六行，写男女咫尺天涯；第七行，写老男人之孤独；第八行，写老男人之追赶；第九行，续写老男人之追赶；第十行，写男女各自鸣咽；第十一行，写老男人对女孩的嗔怪，及对女孩的念念不忘。从春天，经夏天，到秋天，独独省去了冬天（不少于一万字的冬天）。结句欲说还休，说不通，得不到，放不下，忘不了，骂不得，打不得，令人绝倒。至于此诗之要旨，《红楼梦》或已点破："谅那小蹄子也没有这么大福，我们也没有这么大造化。"[①]——还要补充说说这个"小蹄子"，既是詈词，亦是昵称，在英文里恰有一个绝佳对应词：Lolita（洛丽塔）。

李赋康已经快要译出一部安遇诗集，诗人暂名为《我在等一场雪》，其译文质量得到了几个行家的激赏。我对英文自是不通，那就来听吾友胡志国先生的点评——杨宪益、戴乃迭（Gladys Yang）夫妇英译《红楼梦》，将"小蹄子"译成"vixen"（雌狐），或"bitch"（母狗）[②]，而李赋康译成"sweet little thing"（甜美的小东西），既避免了"sweetie"（小甜心）的甜熟，又淡化了生物学色彩并强化了诗意。李赋康处理所有问题，均以讲求诗意为原则。他的译文简练通透，看似不炫技巧，其实暗含功夫。除了翻译方法恰当，还得益于深厚的语言功底。他的造句，炼字，

---

① 《红楼梦》第四十六回。"谅"，意为"料想"。
② 可惜"雌狐"和"母狗"，不能等同于"狐狸精"。

甚至标点，总是恰到好处。比如《我的马头呢我的琴呢》，"三月小清新 March, vital and fresh. / 四月短裙子 April, in short skirt. / 五月错乱你跟着错乱 May went crazy, and you followed"，惜墨如金，行云流水，处理巧妙，让人惊异。李赋康善于把握关键字，比如《这个世界太热闹，我在等一场雪》，"像我在等 个人 Just like me in waiting for someone / 又欢喜 Joyful / 又安安静静的那种 and quiet"。"like"（像）不能少，因为，这恰是全诗的一个烟幕弹。李赋康善于选词，比如《野鸭子》①，"野鸭子在水上收获了爱情 The wild ducks net their love on the water"，"收获"不是译为"harvest""reap"或"win"，而是别出心裁地译为"net"（用网捕获）。李赋康坚持意译地名，比如《这是春天》，将"新桥镇"译为"Newbridge Town"，将"九里乡"译为"Nine Mile Village"。李赋康好用单音节词，比如，《野鸭子》，只用了五个双音节词（water、teahouse、loudly、window、daring），其余全部选用单音节词，没有选用一个多音节词。李赋康的良苦用心，他的轻盈和舒适，都是为了紧扣原文：安遇诗原文短小，简淡，清爽，亲切，口语化，或不经意的一两个字，像口头禅，或口误，好像不重要，但就这一两个字，暗示出下面的激流。李赋康的译法看似理所当然，其实是从多种可能中做出的最佳选择，因而，乃是真正意义上的以诗译诗。李赋康的译文，胡志国的点评，助长了我由来已久的期待：安遇诗及其由李赋康和西楠

---

① 此诗又题《一手的动物，二手的人类》。

合译推出的双语诗集，必将以其独有的三角帆，试航于英语乃至多语种的大海。

10

我与安遇初次见面于何时何地呢？2002年，大英县蓬莱镇。我二十七岁，他五十三岁。席间，我曾向他耳语："诗人角又是非非主义。"①当年11月12日，我曾致信安遇，提及这次见面——他居然一直保存了此信。光阴似箭，一转眼，过了二十年。我们依然在阅读，依然在比较，依然在思考，依然在写作。迩来某日，我们对酌于寒舍书房。他忽而言及南非作家库切（John Maxwell Coetzee），并说后者的某篇文章，曾引来策兰（Paul Celan）的某个片断："想想吧：你／自己的手／抓住了这小块／可居住的土地，／它苦尽了／又见生命。"②经我后来查证，这个片段出自《想想吧》。此诗脱稿于1967年，时当以色列夺取耶路撒冷。安遇的意思很明确——艾青的《我爱这土地》，"为什么我的眼里常含泪水？／因为我对这土地爱得深沉"，虽是名作，却绝不能媲美于策兰的《想想吧》。那么，原因何在呢？也许艾青，仍在扮演着某个"代言人"？也许《我爱这土地》，仍然残存着某种"表演性"？那日傍晚，我们喝了一瓶酒——乃是青城山道观

---

① 出自安遇诗《书屋》。
② 参读《保罗·策兰和他的译者》，库切《内心活动》，黄灿然译，浙江文艺出版社2010年版，第119–138页。黄灿然后来译出策兰诗选，重译此诗，却仍以原译为佳。参读《想想吧》，策兰《死亡赋格》，黄灿然译，北京联合出版公司2021年版，第200–201页。

乳酒，以猕猴桃、糯米、高粱和白砂糖酿成，少说已有一千二百年历史，杜甫《谢严中丞送青城山道士乳酒一瓶》云："山瓶乳酒下青云，气味浓香幸见分。鸣鞭走送怜渔父，洗盏开尝对马军。"凑了巧，安遇或是那个"渔父"，我算是那个"马军"。他偏要在微醉中求得一份独醒，他偏要清除一切"表演性"，就像 条老乌棒①自己为自己剔掉"鱼鳞"。

我不知道安遇还将在怎样的密封仓里扩大他的词汇量，还将在怎样的针尖上提升他的丰富性，但曾向他建议，在八十岁以前编出一部安遇诗选，或可定名为《晚期风景》或《老科恩还在写诗》。现在，且容我大胆预言——假定他目前所有作品可按优劣排序，而他乐于留下一百五十首诗，他或将被认定为一个腕力极不稳定的平庸诗人；如果留下八十首诗，他或将被认定为一个偏单调的优秀诗人；如果只留下二十首、十首或五首诗，没准儿，他或将被认定为一个差点被湮埋的杰出诗人。

如果安遇只留下二十首、十首或五首诗，他也有资格像基汀（John Keating）那样，初进教室，就让孩子们撕掉课本，并且总是及时而有效地提醒年轻诗人——"当你自认为知道某事某物，必须再以不同角度去观察"——"即使那看来似乎愚笨或错误，你们都必须试试"——"孩子们，你们必须努力寻找个人的声调"——"你们若是注意，每个人都只能以自己的步幅行走"——"你们必须相信自己的信念独一无二，纵使别人可能认为它奇异

---

① 蜀语，意为"乌鱼"，又叫"黑鱼"。

或者不入流"——"及时行乐，孩子们，让你的生命超凡脱俗"。

你们可能早就憋不住了，想问，基汀是谁？然也，他正是那位诗学老师，出自电影《死亡诗社》（*Dead Poets Society*）。安遇并没有看过，却曾提及这部电影。基汀再次组建死亡诗社，他与一伙学生，时常论诗于一个山洞。那个山洞远离威尔顿学院，却成为后者最有活力的教室。安遇曾经去过那个山洞——他去过，只是他不知道！他加入过死亡诗社，只是他不知道！然而，一定还有比死亡更加固执之物——诗人早已认识到写作的两难，他自陷于某种困境里面，"我不曾写出"，却又在任何困境里面捕捞着百分之一的可能，"迷恋于写出"……诗人，唉，诗人还能怎么样？除了从密室中设法脱身，除了在悖论中踩动自行车，除了在高速转动的齿轮里捉迷藏，除了怀抱巨石又欲展翅飞翔？来读安遇的《我的黑洞》（全诗只有两行）：

先是一首关于死亡诗社的赞美诗，我不曾写出。

再是我迷恋于写出，超乎死。

2022 年 4 月 17 日

"双舌羊约格哈加的馈赠"

——读吉狄马加长诗《迟到的挽歌》

1

"哦，英雄！不是别人，是你的儿子为你点燃了最后的火焰。"[1]——笔者反复考量，决定将《迟到的挽歌》的结句，引来作为这篇小文的起句。这个结句，这个场面，悲恸，沉重，庄严，圣洁，让人掩卷而复掩泪。还有比这更合适的结句吗？当然没有！这是不可省略、不可替换、不可更改、不可移动的结句。这个结句，还呼应了这首长诗的开篇第五行："你的身体已经朝左曲腿而睡"[2]。

为什么会是这样一种环形结构？一则，情感具有回旋性；二则，修辞亦具有回旋性。如果仅仅着眼于修辞，这种回旋性，就

---

① 吉狄马加《迟到的挽歌》,《草堂》2020年第9期, 第44页。下引此诗, 均见此刊, 不再注明。
② 按照彝族习俗, 死者睡姿, 男性朝左而女性朝右。

是钱锺书曾有提及的"圆相""圆势"或"圆形"。"圆相"，来自古罗马修辞学家。"圆势"，来自德国浪漫派诗人。"圆形"则来自钱锺书的进一步发挥："近人论小说、散文之善于谋篇者，线索皆近圆形，结局与开场复合，或以端末钩结，类蛇之自衔其尾，名之'蟠蛇章法'"①。情感孵化修辞，修辞赡养情感，两种"圆形"，原是一种"圆形"。因而，前引结句甚至还意味着某种提醒：比如，读者——任何读者——难道不应该马上从头重读这首长诗吗？这是闲话不提。

诗人吉狄马加原名吉狄·略且·马加拉格，他将《迟到的挽歌》献给乃父吉狄·佐卓·伍合略且。这首长诗首尾所叙，止是乃父的火葬仪式，——这是极为传统的彝族火葬仪式。乃父生前就已选定这座高山，"姆且勒赫"，位于凉山布拖。高山上建有高台，高台上用九层松木②搭有木架。众人将遗体——"全身覆盖纯色洁净的披毡"——抬上木架；死者长子，也就是诗人，将一瓶酒倾倒于遗体，然后接过了火葬师递来的火把："是你给我耳语说永生的计时已经开始"。毕摩全程诵读古老的《送魂经》，送葬者和守灵者开始享用为死者宰杀的牛羊。知名的游吟诗人即兴赞颂死者，死者的姐妹与子女则深情哭诉或对唱（这种对唱甚至还带有一种并不掩饰的竞赛性）。

诗人叙及的这种火葬仪式，很容易让我们想到古希腊。在

---

① 钱锺书《管锥编》第1册，中华书局1986年版，第230页。
② 女性死者则用七层松木。

《伊利亚特》倒数第二卷，亦即顺数第二十三卷，盲诗人荷马（Homer）——这个符号或可视为集体署名——曾叙及帕特罗克洛斯（Patroclus）的火葬仪式。也有木架——不过是用橡木；也有美酒——阿基琉斯用双耳杯不断从调缸里舀酒浇酹遗体；也有牺牲——绵羊、弯腿曲角羊、犬马及死者的其中两只爱犬；也有装殓——用金罐盛骨，用油封金罐，外罩一层柔软的亚麻布①。这部史诗随后所叙赫克托耳（Hector）的火葬仪式，则与此大同小异。可见流传至今的史诗，与某些少数民族——比如彝族——延续至今的古俗，能够共同揭示"人类文明的初源"，以及"人与自然最原始最直接最浑圆的共生关系"②。也就是说，纸上的史诗，与乎民间的古俗，乃是具有很大互证可能的人类学遗存。这样的结论无涉宗教，而指向了前宗教时期的某种原始意识。——下文陆续得出的若干结论，也全都遵循这样一个极为重要的前提。

笔者无意将吉狄马加比于荷马，也无意将《迟到的挽歌》比于《伊利亚特》。真要做一点儿"平行研究"（Parallel Study），也要比于《奥德修斯》而非《伊利亚特》。但是，一个外在的事实，却似乎强化了吉狄马加与荷马之间的缘分：早在 2016 年，吉狄马加就曾获颁欧洲诗歌与艺术荷马奖（Homer European Medal of Poetry and Art）。

---

① 参读《伊利亚围城记》，曹鸿昭译，联经出版公司 1985 年版，第 347–351 页。还可参读《伊利亚特》，罗念生、王焕生译，人民文学出版社 1994 年版，第 589–595 页。
② 吉狄马加致笔者短信，2020 年 10 月 1 日。

2

就是在《迟到的挽歌》，吉狄马加还曾写到送葬的场面，"送行的旗帜列成了长队，犹如古侯和曲涅又／回到迁徙的历史"。古侯，曲涅，都是古老的彝族部落，迁徙结束后定居于大凉山。彝族最有名的史诗——《勒俄特依》——就占用长得过分的篇幅，也就是整个儿后半部，不厌其烦地详述了这两个部落的源流和系谱。诗人恰是这两个部落的后裔，很多年以前，他就曾如是说过："我写诗，是因为我知道，我的父亲属于古侯部落，我母亲属于曲涅部落。"[①] 由此或可看出，"部落""父亲""母亲"，当然还有"群山"，就是诗人最重要的写作或表达内驱力。此种内驱力之于诗人，或如劲羽之于大凉山之鹰。

吉狄马加的父亲辞世于 1987 年 12 月 25 日，彼时，诗人已出版成名诗集《初恋的歌》。诗人虽然很年轻，然则才华嵯峨，头角峥嵘，何以并未及时写出悼诗或挽歌？这个看起来，似乎很奇怪。然则内行的批评家——以及诗人——自然不难洞察：悲恸，大悲恸，对写作来说恰是阻力而非助力。悲恸让写作分神，甚而至于，让写作止步。这个时候，诗，显然就是一种不得体之物。而当悲恸降温，诗就升温，悲恸结晶，诗就结胎，不意这个过

[①] 《一种声音——我的创作谈》，《火焰与词语——吉狄马加诗集》，梅丹理（Denis Mair）译，外语教学与研究出版社 2013 年版，第 344 页。

程居然耗去三十二个春秋。其间，诗人于 1989 年喜为人父，于 2016 年痛失乃母，先后游宦于成都、北京和西宁，近年来复归于北京，结缘于全球，不断参加或组织开展文学活动或诗性政治活动。到 2020 年，诗人已然年且花甲，可谓饱经沧桑而惯见炎凉，也许这才猛地发现——天地虽宽，父母不待，荣华已备而孤独尤剧……同年 4 月 26 日，诗人终于写出《迟到的挽歌》。这个"迟到"，或有迟到的"好处"：诗人必将更加深刻地——当然也就更加深沉地——回忆、理解并赞颂乃父。

3

吉狄马加的大多数作品，看似明白而晓畅，却密布着或大或小的语义暗礁。《迟到的挽歌》亦是如此，虽然诗人加了二十四个自注，却并不能帮助汉族读者全程通航。如果不持有民族志或民俗学的专业知识，任何个人化的阐释，都只是基于一种"半知视角"而非"全知视角"。汉族中心主义将会蒙住许多读者或学者的左眼，剩下来的右眼——汉文或汉文化的右眼——难以透视那些语义暗礁。于是就有难关，就有险情，就有盲区。而较为深入的吉狄马加研究，当然，还要有彝文或彝文化的左眼。

笔者也只是一个独眼学者，或一个独眼读者，幸好借到了半只左眼——彝族青年诗人阿苏雾里的半只左眼。于是，才有了这样的可能：就从一个维度的语言空间（汉文），读出两个维度的语义空间（汉文化与彝文化）。比如，"天空上时隐时现的马鞍留下的印记"——是指支呷阿鲁及其神马对亡灵的引导；"挂在墙上的铠甲发出了异常的响动"——是指亡灵对遗物的认领；"将烧红的卵石奉为神明"——这种卵石可以去除污秽；"公鸡在正午打鸣"——这是一种凶兆；"杀牛给他"——这是一种最高的礼遇……这种精确的民族志诠释，或民俗学诠释，让笔者窥得了相对更完整更富饶的《迟到的挽歌》。当然，两个语义空间，并非总是有所错位。比如，"黑色乌鸦落满族人肩头"——无论在彝在汉，都是一种非常肯定的死亡预兆。"乌鸦愿人亡，喜鹊愿人旺"，既算得上是彝族谚语，又算得上是汉族谚语。

　　《迟到的挽歌》并未明确提到支呷阿鲁，而只在字里行间，留下了他的身影或气息；却曾清楚写到他的"贞洁受孕"的母亲："普嫫列依的羊群宁静如黄昏的一堆圆石"。普嫫列依乃是参与创世的女神，支呷阿鲁乃是彝族的祖先和英雄，他们的故事，见于《起源经》或《勒俄特依》。由此可以看出，或隐或显，《迟到的挽歌》呼应了——或暗引了——若干彝族典籍。比如，诗人所出示的死亡观——"可以死于疾风中铁的较量，可以死于对荣誉的捍卫 / 可以死于命运多舛的无常，可以死于七曜日的玩笑 / 但不能死于耻辱的挑衅，唾沫会抹掉你的名誉"——前四个分句，就来自毕摩的经文，后两个分句，则来自彝族的谚语。而《迟到的挽歌》，因受限于相对较为狭窄的取材与命意，可能会与《送魂经》，还有《指路经》，建立起更加紧密的互文性（intertextuality）。

笔者暂未找到汉译《送魂经》，却曾读过汉译《指路经》，可以断言，前者乃是对亡灵的告别，后者乃是对亡灵的引导。"你在活着的时候就选择了自己火葬的地点／从那里可以遥遥看到通往兹兹普乌的方向"。传说彝族六个部落（武、乍、糯、恒、布、默）会盟迁徙，出发地只有一个——正是兹兹普乌；定居地或有多个——包括达基沙洛。兹兹普乌位于云南昭通，达基沙洛位于凉山布拖。诗人的父亲就出生于达基沙洛，而诗人却出生于凉山昭觉。昭觉与昭通，有点像奥德修斯（Odysseus）的特洛伊城与伊塔卡岛，——前者是他的征地，后者才是他的故乡。就总体和大略而言，由昭通而昭觉，乃是诗人先祖的迁徙路；由昭觉而昭通，乃是亡灵的回归路。迁徙路与回归路，虽说是两条，其实是一条，不过前者乃是大地之路，后者乃是虚空之路，前者是由出发地到定居地，后者是由定居地到出发地。明乎此，我们就不难明白，何以诗人把死亡称为"返程"，把死者称为"归来者"。《指路经》给出的虚空之路，既不空，也不虚，反而很具体，就像比例尺很大、实用性很强的旅行地图：它逐一提示沿途各地，比如"利木美姑""斯伍尔甲""莫木索克""敏敏沙马""史阿玛孜"或"昊古惹克"①；逐一给出注意事项，比如"春后巨蟒凶""妇人不择夫""短尾黑驹凶""巨熊猖獗地""魔鬼呈凶地"或"蜇虫满路口"。虚空之路，有两条，一条是去祖界的白色之路（当往），一条是有魔鬼的黑色之路（当避）。《指路

---

① 安尔收集整理《指路经》。下引此经，不再加注。

经》早有明示，"等待从此后，又见错路口"，"中央道路白，尔要由此去"。《迟到的挽歌》亦有提醒："不要走错了地方"，"沿着白色的路走吧"。虽说如此，经与诗，毕竟还是两码事。我们不难想象到这样的情景，并且欣慰于这样的结果：诗人一边默诵《指路经》，一边创作《迟到的挽歌》，前者虽有耐心的啰唆，后者终得精心的洗练。

4

《迟到的挽歌》——仅看题目和题材——所带来的阅读期待，对汉族读者来说，其必为悲恸之诗与沉重之诗（亦即九泉之诗），对彝族读者来说，还当是庄严之诗与圣洁之诗（亦即九天之诗）。随着这首长诗的逐渐推进，其底色不断变亮，直到每个字都洋溢着令人艳羡的光辉、豪迈和永恒。吉狄马加遵循《指路经》，把父亲送抵了支呷阿鲁的身旁。既然死亡就是永生——那么，"这是最后的凯旋"，那么，"死亡也需要赞颂"！

诗人对父亲的赞颂开始于这首长诗的第十五节，"哦，英雄"；复见于第二十四节，"你是闪电铜铃的兄弟，是神鹰琥珀的儿子／你是星座虎豹字母选择的世世代代的首领"；复见于第三十一节，"就是按照雄鹰和骏马的标准，你也是英雄"；复见于第三十三节，"哦，英雄"；复见于第三十四节，"哦，英雄"；复见于第三十七节，"哦，英雄"，"你是我们所能命名的全部意义的英雄"。这种从不止步的复沓，永不回头的递进，让这首长诗从悲恸之诗与沉重之诗，不知不觉间就蝶变为庄严之诗与圣洁之诗。

这首长诗愈是临近收尾，对父亲的赞颂，对祖界的赞颂，就愈是难以两分。对此，连诗人也难以两分——当他赞颂祖界，就是赞颂父亲；当他赞颂父亲，就是赞颂祖界。花开两朵，本是一枝。如果继续阅读《指路经》，我们就可以知道，祖界乃是不枯不倒之地，不老不少之地，不死不病之地，不热不寒之地，花朵常开、树枝常青而牛羊满地。而诗人对祖界的描绘，如痴如醉，既有朴素的原始之美，又有新异的现代之美——"透明的斜坡""多维度的台阶""无法定位的种子""时间变成了花朵""树木在透明中微笑""岩石上有第七空间的代数""光的楼层还在升高""这不是未来的城堡，它的结构看不到缝合的痕迹""那里找不到锋利的铁器，只有能变形的柔软的马勺""那里没有等级也没有族长，只有为北斗七星准备的梯子"。诗人展现出来的瑰丽想象力，跨民族，跨文化，跨学科，或在眼前，或落天外，无疑早就已经逾出了彝族典籍。笔者也就乐于旁逸斜出，就前文讨论过的问题，抽空在这里做个不算多余的补充：诗人极为尊重自己的传统，却又从来不惮于，钻出互文性（intertextuality）之雾，另辟陌生化（defamiliarization）之境。故而这首长诗，既能给读者——尤其彝族读者——以亲切感，又能给读者——包括汉族读者——以惊奇感。

上段文字写到后头有点跑马，本段文字必须速返当前正题——是的，笔者恰好想要说明：诗人已把这首长诗，从确定的挽歌，写成了更加确定的颂歌。既是生命的颂歌，也是死亡的颂歌，亦即诗人所谓"人类和万物的合唱"。这样的语义弧线，毫无疑问，早就逸出了汉族读者的阅读期待。按照汉族的传统，其底线，最多只能接受陶渊明式的角色分派："亲戚或余悲，他人亦已歌。"① "亲戚"与"他人"，"或余悲"与"亦已歌"，想来存有相当程度的冲突。否则，这首《挽歌诗》就会显得很滑稽，甚至就会挑战汉族的道德观。然而，彝族的道德观——以及生命观和死亡观——或可将前述冲突冰释为更高的和谐。正如我们之所见：吉狄马加就以一人之身，兼领"悲者"与"歌者"，最终将《迟到的挽歌》在颂歌的意义上推向了一个水晶般的峰顶。

5

"儿子"对"父亲"的赞颂或过度赞颂，在汉文化语境，也会得到尺度很大的鼓励或宽容。即便基于这样的前提，吉狄马加对"父亲"的赞颂，也似乎显得有那么一点儿"夸张"。而下文的讨论则要容许笔者暂时追随保守的赫什（Eric Donald Hirsch），像他一样，大喊一声："保卫作者！"② 。作者的立

---

① 《挽歌诗》其三，《陶渊明集》卷五。
② 参读赫什（Eric Donald Hirsch）《解释的有效性》，王丁译，高建平、丁国旗主编《西方文论经典》第 5 卷，安徽文艺出版社 2014 年版，第 527–554 页。

场是什么？作者的意图是什么？虽然在大多数汉族读者看来，"父亲"等于"父亲"；但是在诗人或彝族读者看来，"父亲"大于"父亲"。也就是说，"父亲"的语义选项，可以加上"英雄""祖先"，甚或"支呷阿鲁"。如此说来，并非无据。来读诗人的一首名作——《白画像》："我传统的父亲／是男人中的男人／人们都叫他支呷阿鲁"。因此，不是"夸张"，而是"赤诚"和"热烈"。故而《迟到的挽歌》，与其说是献给父亲——单数父亲——的挽歌，不如说是献给民族——亦即彝族——的颂歌。

这个话题必须有所展开，以便引出一个同样重要的结论。"父亲"的语义选项，当然，就会波及"儿子"的语义选项。这次的"儿子"有点儿特殊，是的，他正是《迟到的挽歌》的作者。这是一个单数作者吗？不，复数作者。这是一个家庭之子吗？不，民族之子。"脱粒之后的苦荞一定会在／最严酷的季节——养活一个民族的婴儿。"大多数汉族诗人早已无视自己的民族性，也许，只有少数民族诗人——比如彝族诗人——才有欲望和机会获得这样的"作者身份"。

6

那么，《迟到的挽歌》是一首抒情诗，还是一首叙事诗呢？依据文体学常识，挽歌也罢，颂歌也罢，都是抒情诗无疑。但是，且慢，这首长诗追忆了父亲的生平：从"婴儿"，到"童年"，从"在悬崖上取下蜂巢"，到"把一只羊推下悬崖"，从"偷窥了爱情给肉体的馈赠"，到"学到了格言和观察日月的知识"，从"射杀了一只威胁孕妇的花豹"，到"让一只牛角发出风暴一样的怒吼"，从"肉体和心灵承担天石的重负"，到"把爱给了女人和孩子"。此外，诗人还为父亲的旅程与返程请来了向导：除了"光明的使者"和"盛装的先辈"，还有并未现身而又无处不在的"支呷阿鲁"。——这也让我们想到但丁（Dante Alighieri）的向导：除了地狱向导和炼狱向导"维吉尔"（但丁所尊重的古罗马诗人），还有天堂向导"贝亚德"（但丁所喜爱的早夭少女）。吉狄马加所使用的这种史诗或拟史诗般的叙事学，让这首善始善终的抒情诗，在一个半山腰，差点突变为中规中矩的叙事诗。

《迟到的挽歌》——如前所述——具有显而易见的"史诗可能性"，无论我们的参照物，是彝族史诗《勒俄特依》还是荷马史诗《奥德修斯》。何谓史诗可能性？原始性也，故事性也，音乐性也，现场感也，仪式感也，崇高感也。这首长诗或亦可以被古侯部落的毕摩，或曲涅部落的盲诗人吟唱于四方。在古希腊古罗马，史诗、叙事诗、牧歌、部分抒情诗、悲剧、喜剧和悲喜剧（亦即正剧），联袂写就了一部伟大的"神谱"，以至于再也没有必要仔细区分何谓诗人何谓戏剧家。而后来的文人拟史诗，《神曲》，其书名直译恰好就是《神圣的喜剧》。而《迟到的挽歌》，或亦可以轻易改写成一出悲喜剧，或诗人所谓"一出古希腊神剧"。这首长诗，的确具有这样一种力量——把只有眼睛的读者，变成了有眼睛有耳朵有嘴巴有鼻孔有手掌有臀部（围坐于扇形石阶）的观众。这里且引来一个文学史现象作为旁证：特洛伊城被木马计攻陷以后的故事，史诗《伊利亚特》和《奥德修斯》没讲完，悲剧《阿伽门农》接着讲，盲诗人荷马没讲完，悲剧大师埃斯库罗斯（Aeschylus）接着讲。

笔者并非刻意强调《迟到的挽歌》的文体学两难，而是想说，它具有多个不同的声部或多种不同的文体学欲望。这首长诗曾写到一只双舌羊，"约格哈加"，据传就来自诗人的故乡。大凉山，尤其是昭觉，至今流传着这样的说法："约格哈加站上木火山梁，叫声能够传遍每个地方。"也许，《迟到的挽歌》正是一只双舌羊：既有传统之舌，又有当代之舌或创造之舌，既有抒情诗之舌，又有叙事诗之舌，既有史诗之舌，又有悲喜剧之舌，既有彝文或彝文化之舌，又有汉文或汉文化之舌。而笔者，乐于删繁就简，坚持把《迟到的挽歌》称为"一首长诗"。2008 年，是在剑桥大学，英国女诗人安娜·罗宾逊（Anna Robinson）创办《长诗》（Long Poem Magazine），这个杂志认为，长诗（Long Poem）就是长于七十五行的诗。2017 年，这位女诗人得到吉狄马加的邀请，来到大凉山，参加了第二届邛海国际诗歌周。吉狄马加将怎么称呼安娜·罗宾逊？"英国表妹！"——这个称呼来自吉狄马加，似乎也恰好来自美妙的约格哈加："英国"，姑且理解为现代性之舌；"表妹"，必然理解为民族性之舌——这个亲热而俏皮的词，包含了只有彝人才能心领神会的某种打趣。

2020 年 10 月 8 日

游小苏以降

——四川大学的抒情传统

1

如果要厘出四川大学的"抒情主义"（lyricism）——或"抒情诗"（lyric）——的小传统，那么，这个小传统可以溯源到一个真正的生物学家。他叫周无，又叫周太玄，乃是蜀中新都人氏。其先祖周亮工，其同学郭沫若，皆一时之大名士也。1930年，周无任教于成都大学和成都师范大学，1931年，两所大学均并入四川大学。周无精于细胞学，及腔肠动物研究，却也有不少新诗刊于颇有影响力的《少年中国》。早在1919年，周无远赴泰西，就曾在途中写出《过印度洋》。"圆天盖着大海，/黑水托着孤舟。/远看不见山，/那天边只有云头。/也看不见树，/那水上只有海鸥。"这首诗还残存着古词曲的格律，虽为胡适所忧，却为赵元任所喜。后者为之谱曲，广为传唱，蜀中旅法青年闻之流涕。笔者少小时所习《语文》，收有散文《我的老师》，几乎全文引述过《过印度洋》。这篇散文的作者——也就是魏巍——有那么一点儿可恶：他既没有交代这首诗的题目，也没有交代这首诗的作者。试想，如果不是这样，周无作为诗人早就已经名动中国。

而就本文迫在眉睫的任务来说，周无及其《过印度洋》，只是一个司晨者，一个弁言，甚至一个赘肉般的题外话。必须紧扣四川大学，必须紧扣八十年代——也就是说，本文当从抒情诗的清早，飞抵抒情诗的正午。惜别周无的背影，此刻，将升起谁的面庞？纵使确有各种不合适，笔者仍然决定，首先来谈柏桦——就像贺拉斯（Quintus Horatius Flaccus）说的那样，"使听众及早听到故事的紧要关头"[①]。柏桦，1956年生于重庆，1975年下乡（在巴县），1977年考上广州外语学院，1978年入校就读，1982年分配到中国科技情报所重庆分所，同年调入西南农学院（在重庆），1986年考入四川大学（从龚翰熊读硕士），因拒绝上课，1987年被退学，1988年调入南京农业大学，1992年为自由撰稿人，2004年调入西南交通大学（在成都）。柏桦自重庆赴成都，乃是心有不甘的结果。"我这次考研究生目的在于变动，目标是上海，结果大失所望，去了成都。"[②]除了从这封写给北岛的信，

---

① 贺拉斯（Quintus Horatius Flaccus）《诗艺》，杨周翰译，人民文学出版社1982年版，第145页。"紧要关头"（in medias res）或被误译为"中间部分"：《正像贺拉斯所倡导的那样，诗歌应从故事的'中间部分'（in medias res）开始。"麦钱特（Paul Merchant）《史诗论》，金惠敏、张颖译，北岳文艺出版社1989年版，第83页。
② 柏桦致赵振开（北岛）信，1986年6月3日。

还有其他文献，均可看出诗人早年对成都——乃至四川大学——的奇怪态度：害怕，气愤，不可避免，而又无可挽回。诗人在四川大学，果不其然，只待了半年或者说一个学期：起于1986年9月，迄于1987年3月。诗人所选既非古典文学专业，亦非古代文论专业，故而错过了广博的缪钺教授，也错过了专精的杨明照教授。至于西方文学思潮专业，似乎没有"错过"的问题，只有"错不过"的问题。故而，诗人拒绝上课；若干年以后，摄影家萧全仍然记得诗人的愤愤之语："我无法忍受这些'越南人'给我上课。"① 几乎可以这样说，诗人"亲历过"广州外语学院（啊，"梁宗岱教授"），却只能算是"路过"或"误入过"四川大学。

况且，在诗人看来，成都也大异于重庆。后来，诗人在回忆录中给出了这样的泾渭："重庆作为一个悲剧城市是抒情的，成都作为一个喜剧城市是反抒情的。"这个颇具诗学含义的形容词，亦即"抒情的"（lyrical），后文还将多次使用。却说柏桦这个结论不容分说，一刀两断，就值得细细体味——他天生具有悲剧气质，这个结论，是在促成"抒情"与"反抒情"的民主性，"悲剧"与"喜剧"的民主性，还是在强调"重庆"与"成都"（包括"四川大学"）的差异性呢？

柏桦与四川大学，终至互相嫌弃。然则，事情并非如此简单。如果说四川大学是一个"文化场域"，那么方圆数公里以内还隐藏着若干个"亚文化场域"。比如深夜的草坪，锦江南岸，望江

---

① 柏桦《左边》，牛津大学出版社2001年版，第140页。下引柏桦，亦见此书，或此书江苏文艺出版社2009年版。

公园的竹林（薛涛似乎仍在那里浅笑低吟），九眼桥附近的瓦房和茶馆，闲人吴奇章——他是吴玉章的侄儿——的半开放沙龙，阴暗的地下室，无缝钢管厂，红星路二段八十五号（北岛已经应邀而来），旁观者钟鸣在工人日报社的办公室，摄影家萧全或诗人欧阳江河的家（堆满了刚洗出的照片或很难见到的书籍）。假如诗人并未负笈于四川大学，很难想象，他会从"教室"的反方向，一溜烟钻进了诸如此类的"成都公社"。那么，都是些什么人出入其间？"逃学的学生，文学青年，痛苦者，失恋者，爱情狂，梦游者，算命者，玄想家，画家，摄影师，浪漫的女人，不停流泪的人，性欲旺盛的人，诗人，最多的永远是诗人"。"文化场域"为何如？保守，单调，做作？"亚文化场域"为何如？性感，狂热，生机勃勃？从某种意义上讲，恰是后者让诗人觉知到感官之存在，底线之存在，玲珑心之存在，本色与魔力之存在，以及苦闷与极乐之存在。柏桦已经接上了"暗号"，找到了"抒情的同志"，加入了并参与建设着"新的抒情组织"。诗人曾经无限缠绵地回忆起，吴奇章起身，为来客分发葡萄酒，"就像分发美或颓废的重量"——其实呢，又何尝不是在分发深渊的重量，秘密的重量，热血、眼泪与抒情诗的重量？那么，再见，周无！再见，郭沫若！再见，更晚来到四川大学的饶孟侃！1986 年 10 月，柏桦写出《痛》。他描述的不再是昔日的"我"，而是此时此刻的"我们"："今天，我们层出不穷，睁大眼睛／对自身，经常有勇气、忍耐和持久／对别人，经常有怜悯、宽恕和帮助"。

2

笔者乐于暂时冷落四川大学，将本文推向必要的旁逸，在这里稍做休息般地谈谈"抒情"和"抒情诗"——前者屡见于中国古典诗学，而后者屡见于西方诗学和中国现代诗学。从"文用"的角度来看，抒情与言志、用事、状物和写景相并列——当然，时间愈是往后，抒情与言志愈是相混。从"文体"的角度来看，抒情诗（lyric）与戏剧（drama）和史诗（epic）相并列——此所谓文体三分法是也，而西人所谓史诗，也包括叙事诗和后来的小说。虽然屈原早就已经言及抒情，中国古典诗大都是抒情诗，然而抒情诗作为一个诗学术语却是舶来品无疑。

然则什么是抒情诗？为什么要写抒情诗？这样两个问题，究其实呢，乃是一个问题。中外诗学专家回答这个问题，或偏重于"抒"（发生学），或偏重于"情"（主题学），或偏重于"诗"（文体学）。其一，让笔者引来发生学观点——述而不作的顾随认为，"即兴诗即抒情诗"，"即兴诗要作得快，不宜多，多则重复；不宜长，长则松懈"[1]。顾随的前半个观点，很明显受到过朱自清的影响，后者说过，"即兴"其实等于"抒情"[2]。其二，让笔者引来主题学观点——从男人变成了女人的斯蒂芬妮·伯特（Stephanie Burt）认为，"当情感、态度、感受，成为一首诗中

① 顾随《驼庵诗话》，生活·读书·新知三联书店 2018 年版，第 30 页。下引顾随，亦见此书。
② 朱自清《诗言志说》，陈国球、王德威编《抒情之现代性："抒情传统"论述与中国文学研究》，生活·读书·新知三联书店 2014 年版，第 201 页。

的词语激发出来的最初、最终或最重要的东西时"，"我们可以将这样的诗叫做抒情诗。"[①] 那么，会是何种形态的"情感、态度、感受"？顾随说过，乃是"伤感"，故而"抒情诗人多带伤感气氛"。这个更加明确的观点，可以算是对伯特的耐心补充。其三，让笔者引来文体学观点——似乎有点儿口吃的玛丽·奥利弗（Mary Oliver）认为，"抒情诗简洁、主题集中，通常只有单一的主题和中心，以及单一的语态，更倾向于使用简单自然而非复杂合成的音乐性"，"它就像某种简单盘绕的弹簧，等待着在几个有限的、清晰的短句中释放自己的能量。"[②] 而陈世骧则似乎兼有发生学、主题学与文体学视角，他一方面强调抒情诗的"音乐性"，亦即"言词乐章"（word-music），一方面强调抒情诗的"主体性"，亦即"直抒胸臆"（self-expression），故而他最为推崇一个怪异小说家——乔伊斯（James Joyce）——关于抒情诗的定义："艺术家以与自我直接关涉的方式呈示意象。"[③]

即便已经罗列出若干种关于抒情诗的观点，笔者仍然很在意柏桦之所持。1986 年冬天，诗人写出《牺牲品》。这件作品明目张胆，念兹在兹，可谓"抒情的同志之歌"。先来读开篇："抒情的同志嚼蜡／养成艰巨而绝望的习惯"——这是何意？也许牵涉到抒情诗人的两种态度：一种是"孤勇"，一种是"虚空"？

① 斯蒂芬妮·伯特（Stephanie Burt）《别去读诗》，袁永苹译，北京联合出版公司 2020 年版，第 14 页。
② 玛丽·奥利弗（Mary Oliver）《诗歌手册》，倪志娟译，北京联合出版公司 2020 年版，第 83 页。
③ 参读《论中国抒情传统（1971 年美国亚洲研究学会比较文学讨论组致辞）》，陈世骧《中国文学的抒情传统：陈世骧古典文学论集》，张晖编，生活·读书·新知三联书店 2015 年版，第 4—5 页。

再来读结尾:"抒情的同志天长地久 / 抒情的同志无事生非"——又是何意?也许牵涉到抒情诗人或抒情诗的两种功能:一种是"依恋"与"挽留",一种是"激动"和"冒失"?笔者读到过另外几种罕见文献,比如庞培对柏桦的采访录,可以佐证对《牺牲品》的上述读解并非自以为是或孤立无援。

柏桦很早就已经注意到,到了寒气逼人的冬天,抒情诗很容易成为一个火堆(或深渊),而围住这个火堆的所有诗人很容易成为一个集体(病友般的集体)。那么还得再次洗耳,再次恭听顾随的观点:"好的抒情诗都如伤风病。"这种伤风病,既可以由一个作者传染给更多读者,也可以由一个作者传染给更多作者。以其有顾随所谓"传染",故而有柏桦所谓"集体的诗情"。他们这种观点,算得上是传播学观点。无论是关于抒情诗的传播学观点,还是发生学、主题学或文体学观点,都已经在四川大学及其周边的亚文化场域——在灿烂的八十年代——得到了不同向度与不同程度的验证。甚至到了 1987 年,从西德,从张枣,也能传来美妙的应和,"我们千万不要忘记诗是艺术,艺术就是抒情,而抒情就是极端"[①]。

3

早在八十年代前期,从广州到重庆,柏桦就曾写出一批重要

[①] 张枣致柏桦信,1987 年 5 月 12 日。

作品，既包括左边之诗，比如《表达》《再见，夏天》《光荣的夏天》和《悬崖》，又包括右边之诗，比如《夏天还很远》《惟有旧日子带给我们幸福》《望气的人》和《李后主》。左边之诗与右边之诗，各有半壁，却明显呈现出自左至右的趋势。我们有充分理由相信，单凭这批作品，就可以赋予作者以黄金般的抒情权杖。

从广州、重庆到成都，不仅是国内旅行。四川大学之于柏桦，似乎并无孳孕之功，亦无迎迓之德。但是我们不能不注意——这位年轻时就很老派的象征主义诗人，正是在成都，才从"法国"奔向"俄罗斯"。这个绕口令是何讲法？在广州，波德莱尔（Charles Pierre Baudelaire）的一首《露台》，以"记忆中的母亲"，曾经震颤了诗人；而在成都，帕斯捷尔纳克（Boris Leonidovich Pasternak）的一首《白夜》，一首《秋天》，以"小地主的女儿"（名叫"娜娜"），同样震颤了诗人。两次震颤，勾魂摄魄。诗人痛苦而兴奋地察觉到，"俄罗斯成了我们生活中的姐妹"。帕斯捷尔纳克及其长篇小说《日瓦戈医生》（包括附收的若干首诗），如此遥远，而又近在咫尺，必将在诗人的字里行间留下俄罗斯式的凛冽与热烈。

正是在四川大学读书的这个秋冬，柏桦又新写出一批重要作品，除了已提及的《痛》和《牺牲品》，还有未提及的《在清朝》《秋天的武器》《侧影》和《青春》。总计六件作品，除了《在清朝》，都是极端之诗、尖锐之诗、自得耀眼之诗、高烧之诗、流鼻血之诗，呼应了重庆时期的左边之诗；只有《在清朝》，才是安闲之诗，逸乐之诗，颓废之诗，不事营生之诗，饮酒落花与风和日丽之诗，呼应了重庆时期的右边之诗。"在清朝 / 安闲和理想越来越深 / 牛羊无事，百姓下棋 / 科举也大公无私 / 货币两地不同 / 有时还用谷物兑换 / 茶叶、丝、瓷器"。由此可以看出，从重庆到成都，诗人从未停止过摇摆，虽说左右之诗比例失调。《在清朝》因何写出？诗人曾经如是忆来："我有一天无事去欧阳江河家翻书，读到美国学者费正清所写的一本《美国与中国》。此书读完，此诗完成。我借古喻今，在《在清朝》中展现了成都内在的古典精华（成都是当代中国古风最盛的城市）。"俄罗斯和帕斯捷尔纳克，以孔武之力把柏桦推向了左边之诗；而中国和古老传统，却以柔弱之力把他拉回到右边之诗。张枣对这件作品的点评，知己知彼，可谓清透至极："《在清朝》作为诗艺，诸美俱臻；作为思想，亦尽了力。"[1] 不管怎么样，诗人最终用"清朝"隐喻了"成都"，用过去时态的"时间"，点化了现在时态的"空间"。这种胆大包天的修辞，奇妙不可方物。因而，《在清朝》已经表明，诗人试图开始享受这座积攒了两千五百年风水的濯锦之城。

---

① 张枣致柏桦信，1987 年 5 月 1 日。

4

四川大学的抒情诗小传统,即便只限于八十年代,柏桦也只是分水岭式人物而并非源头式人物。那么,谁才是源头式人物?游小苏。不仅柏桦,还有钟鸣,想来,都愿意会心于笔者给出的这个答案。游小苏,1957年生于成都,1974年下乡(在名山),1976年返城,1978年考入四川大学,1982年分配到省交通运输厅。钟鸣的回忆录,多年以后,为我们重现了他的形象:"游小苏鹤立鸡群。他的气质是抒情的。个头高挑,轮廓分明,忧郁,含蓄。笑容令人难忘。"①他就读于经济系,最亲近的同学,当属郭健(又叫宇宇)和陈瑾珂(又叫柯柯)。郭健,1954年生于四川内江,1978年考入四川大学,1982年分配到西南林学院(在昆明),1984年调入四川省社会科学院,1995年辞去公职。笔者曾看到过一张四人合照——郭健一人旁蹲,拥有一张经济系和评论家的面孔(深沉而富有主见),陈瑾珂、游小苏、欧阳江河三人并站,各有一张微笑和抒情的面孔(纯洁而富有光泽)。欧阳江河并非来自四川大学,他戴着军帽,顶着五角星,像一个小弟那样依偎在游小苏的左侧。这样四位青年才俊,真可谓好花逢春,又可谓玉树临风。

正是在大学三年级上学期,亦即1980年下半年,游小苏忽

---

① 钟鸣《旁观者》,海南出版社1998年版,第809页。下引钟鸣,亦见此书。

而写出一首《金钟》。1982年上半年，刊于钟鸣主编的民刊《次生林》。这件作品——正如其多数作品——乃是爱情的产物，或者说，爱情饥渴症的产物。全诗共有八节，前七节写"我"的表白，第八节写"她"的回答。这种篇幅分配，可谓头重脚轻。然而，重得很有道理，轻得也很有道理。"我"如何表白？来读第三节："多情的诗人在小木屋里睡了／林深处晃荡着狼嚎的恐怖／只有月亮折下来，认清了／草坡上每个新鲜的字——／做我的妻子吧！"——诗人可以代行一点上帝的权力，在这里，他直接让"月亮"当了"月老"。这是闲话不提；却说不仅是在这件作品的第三节，从第一节，到第七节，每节都这样收尾："做我的妻子吧！"七次表白，终至"嘶哑"，真有山谷喊话而音波回荡的效果。"她"如何回答？来读第八节："她说，我的回答是／草莓、黑土、小鹿和青果……"这件作品最终收束于"转移话题"，或者说"顾左右而言他"，真真是出人意料而不可方物。表白是那么直白，又不忘借物起兴；回答却相当于没答，没答又相当于已答。男生之主动之紧逼之绝不罢手，女生之被动之矜持之难以启齿，两种形象，相反相成，活脱脱如在目前。在那个时代，在成都，很多男生朗诵过这件作品（一时兴起），或有更多女生爱上了作者（终生受伤）。钟鸣也曾证实说："女孩都喜欢游小苏。"《金钟》早就已经见忘于文学史；而在当年，这件作品却让体育之星游小苏，华丽转身为四川大学——乃至成都所有大学——的抒情之星。对于作为一个美学上游的游小苏，自负的柏桦如何评价？

"首席小提琴手"。自负的欧阳江河如何评价？"诗歌王子"①。同样自负而又挑剔成性的钟鸣怎么评价？"南方最卓越的抒情诗人"。

游小苏早在 1980 年，就油印过一部诗集：《黑雪》。其后，截至 1984 年，又油印过三部诗集：《街灯》《汇府》和《散文诗汇编》②。《黑雪》由宇宇作序（下文简称郭序），柯柯作跋，哲学系学生苏华——后来远赴新西兰——友情赞助了封面题字。序的落款时间为"9 月中旬"，跋的落款时间为"1980 年 9 月 14 至 15 日"。这部诗集所收作品，共计三十六件，却并没有包括《金钟》。或可据此判断，《黑雪》先于《金钟》。这部诗集还显示出，早在 1975 年，游小苏就已经开始写诗。且慢，还是转而来说郭序——这算得上是一件珍贵的文献，因为郭健很快就要迎娶翟永明，很快就要弃写一切小说与新诗评论。郭序围绕游小苏，及其《黑雪》，曾谈及某种背景——"社会主义的现代化！民主和文明！科学与技术！大爆炸的知识！存在主义的哲学！抽象派和象征派！电子音乐与喇叭裤！"感叹号用个不停，排山倒海，可以看出作者的雀跃（多么天真的雀跃啊）。郭序又曾谈及某种谱系——"《黑雪》正是以《今天》为代表的新诗流派的同行者。"游小苏看过《今天》，风格近于舒婷而非北岛，钟鸣则把他比作食指（两者都是先驱，都被长期遗忘）。郭序还曾谈及

① 杨黎《站在虚构那边：欧阳江河访谈》，杨黎编著《灿烂》，青海人民出版社 2004 年版，第 432 页。
② 这三部诗集均为笔者所未见，此处，亦仅存目而已。

某种观点——"他唤醒了你的美感。然而你所感受到的美不同于他，也不同于我，不同于任何一个人。"① 此种主观主义美学，或唯心主义美学，颇接近西人所谓"读者反应"（reader-response）。这在那个时候，不能不说，极为大胆。

到了 1985 年，游小苏彻底放弃写诗。其诗龄，参差十年。他曾拒绝把诗交给《星星》，以其为作家协会所办主流诗刊。然而，似乎并不矛盾——很快，他就成天忙于办墙报，写文件，编交通年鉴，先后担任过交通运输厅的团委书记，以及厅属某国营公司的董事长。食指早已成为一件"出土文物"，诗人游小苏仍然还是一块"墙里化石"②。钟鸣提到过他与翟永明，去看望这位前诗人的情景："谈话是自我揶揄式的，传统的以庸人自居——英雄主义没有土壤。他不快活。从他身上，我看到一个旁观者的极限。"现在，剩下来这样一个问题：游小苏作为诗人，是被放逐，还是自我放逐呢？

5

游小苏就读于经济系，而《金钟》，居然脱稿于历史系——当其时，他正在历史系上一门公开课。在他完成这件作品前，有两个未来诗人，先后进入四川大学。一个学妹，唐亚平，就读于哲学系。一个学弟，胡冬，就读于历史系。唐亚平，1962 年生

① 郭健《序》，游小苏《黑雪》，1980 年，第 1-3 页。
② 哑默有本书以此为名。

于四川通江，1979 年考入四川大学，1983 年分配到铁道部第五工程局党校（在贵阳），1984 年调入贵州电视台。胡冬，1963 年生于成都，1980 年考入四川大学，1984 年分配到天津和平区文化馆，1990 年移居英国。抒情风向标将从经济系，移向哲学系和历史系。当游小苏卅与《金钟》，一年级新生胡冬，很有可能就坐在同一间大教室。这是闲话不提；笔者现在想要说明，之所以并提唐亚平和胡冬，乃是缘于两者将呈现出奇妙而令人莞尔的可比性。

先谈唐亚平。唐亚平给她的好闺蜜——比如翟永明——留下过什么印象？"一天一首，一月一本"，"白得炫目的面孔"，"一身白色"，"小红帽"，"高唱山歌"，还有"野性"和"酒量"[①]。此类印象既来自作为大学生的唐亚平，也来自作为党校老师、记者或专题片编导的唐亚平。唐亚平写诗不晚于大学二年级，其勤奋，可谓非常罕见。在大学四年级下学期，1983 年 6 月，她写出一部组诗《田园曲》（多达三十首）。来读第十一首《叫我小名儿吧》："种稻谷的时候，／把我唤成你的小秧苗，摘葡萄的／时候，把我唤成你的青葡萄／我会在雨中喊你石榴树，在风中／呼你白杨树。"如果说游小苏是个城市诗人，那么唐亚平就是个乡村诗人，前者游目于风景，后者醉心于田园，前者与风景相隔，后者与田园相泥，前者率领风景追求乖妹，后者陪同恋人守护田园。两者所写，都是抒情诗，细细品来却有霄壤之别。

---

① 《在一切玫瑰之上》，翟永明《纸上建筑》，东方出版中心 1997 年版，第 213 页。下引翟永明，凡未注明，亦见此文。

就是这个又白又甜的唐亚平，羞答答的唐亚平，在1985年，居然写出一个狂野组诗《黑色沙漠》（共有十二首）。来读第六首《黑色洞穴》："那只手瘦骨嶙峋／要把阳光聚于五指／在女人乳房上烙下烧焦的指纹／在女人的洞穴里浇注钟乳石／转手为乾扭手为坤"。这乃是诗人的一次大变脸——《田园曲》中的契合，"你"与"我"的契合，迅速被替换为《黑色沙漠》中的刺猬式拥抱，"谁""他""你们"与"她""我""女人"的刺猬式拥抱。明知是刺猬，还是要拥抱，这是女人和男人的二律背反。那么，何物可堪信任？不再是浮上心头的"情感"，而是退到墙角的"身体"。诗人感叹着说："有什么比身体更可靠呢？"①《黑色沙漠》恰是通过惊世骇俗的身体叙事，提前验证了翟永明的观点："女性的真正力量就在于既对抗自身命运的暴戾，又服从内心召唤的真实，并在充满矛盾的二者之间建立起黑夜的意识。"②1986年6月，《黑色沙漠》陆续刊于《现代诗报》，还有更著名的《诗歌报》和《深圳青年报》。1987年6月，处女诗集《荒蛮月亮》面世③。唐亚平的身体叙事，在彼时诗界，轻易制造了一场强震。

再谈胡冬。在大学四年级两个学期之间的寒假，1984年1月，胡冬写出《我想乘上一艘慢船到巴黎去》。来读第六节："我要统计巴黎健在的杰出人物／采取收买和没收的政策／把他们分门别类／用挂号邮包寄到中国"。这件作品横空出世，乃是毫无争

---

① 《我因为爱你而成为女人》，唐亚平《黑色沙漠》，春风文艺出版社1997年版，第220页。
② 翟永明《黑夜的意识》，《诗歌报》总第42期，1986年6月6日。
③ 贵州人民出版社。

议的莽汉诗之源，也是提前闯入汉语的后现代主义之诗。笔者将另择更合适的时机，更深入地论述其意义与价值。而在此处，只好从略。但是目前也亟须知道，这件作品要么反话正说，要么正话反说，截然相判于抒情诗的套路——反话反说或正话正说。就是这个满口粗话或胡话的胡冬、不正经的胡冬，甚至作为邪派高手的胡冬，在 1985 年，居然写出一个安闲组诗《九行诗》（至少有三首）。来读第一首："翻破一本字典／冥想橘中之秘／心若暖玉／故人杳如黄鹤／揣着怀历①／去走一条小路／看见一棵大树／目光如注／果子应念而落"。这也是诗人的一次大变脸——《我想乘上一艘慢船到巴黎去》中的喜剧关联，"中国"与"巴黎"的关联，迅速被替换为《九行诗》中的伤感关联，"我"与"物"或"人"与"天"的伤感关联。这件作品抱朴怀素，余味绵远，颇得古典美学和传统哲学的气韵。莽汉诗只是胡冬的创意鬼脸，一次性鬼脸，他还将自置于更加丰富而危险的美学地形：一方面急欲创造"语言的奇迹"，一方面不断感叹"天才的灵感毁于拙劣的诗句"。他逐渐陷入卓越、孤傲而秘密的写作，哪怕远赴英伦，也从未淡忘像鲑鱼那样重返清澈、羞涩而正派的汉语，恰如其早年的夫子自道："诗人的任务在于赋予一首诗以经久的美玉般的光辉。"②

　　唐亚平的《田园曲》是当行的抒情诗，正如胡冬的《九行诗》；

---

① 原文如此，疑有错讹。
② 胡冬《诗人同语言的斗争》，杨政、熊剑主编《王朝》（诗报），1988 年 10 月 1 日。

《黑色沙漠》却是赤裸裸的反抒情诗,正如《我想乘上一艘慢船到巴黎去》)。何谓反抒情诗?笔者亦无计回答,或指反向的——逆行的——抒情诗?不管怎么样,事情已经很清楚。四川大学给了唐亚平一个起点站——抒情诗的起点站,贵阳却给了她一个中转站——反抒情诗的中转站。四川大学给了胡冬一个起点站——反抒情诗的起点站,天津却给了他一个中转站——抒情诗的中转站。这个绕口令的中心思想,不免让人犯糊涂——两位诗人都待在四川大学,却在美学上相向而行乃至擦肩而过。抒情诗和反抒情诗,表面看来,乃是遥迢而互斥的两极。然而,唐亚平和胡冬,都算得上精通缩地术。从抒情诗到反抒情诗,唐亚平只用了两年;而从反抒情诗到抒情诗,胡冬只用了不到两年。唐亚平早已转型为电视艺术家;而胡冬却是虽九死其犹未悔的诗人,当他最后打开抽屉,天知道他会给伦敦、汉语乃至世界带来何种震惊?

6

四川大学有一座文科楼(乃是老苏式建筑),1982 年 3 月,胡冬在文科楼入口处看到一块黑板报。这块黑板报是诗报,叫作《白色花》,编者兼作者是化学系的浦宁和外文系的赵野,以及两者的叙永同乡许庭杨——此君途经成都,投宿在四川大学。赵野,1964 年生于四川古宋,1981 年考入四川大学,因旷课或生病而留级,1986 年才分配到中国科技情报所重庆分所(柏桦曾在这里待了半年），1988 年辞去公职。"白色花"其来有自，来读阿垅的《无题》："要开作一枝白色花——/ 因为我要这样宣告，我们无罪，然后我们凋谢。"赵野考入四川大学前后，已经读过《雕虫纪历》①，《冯至诗选》②，以及七月派诗选《白色花：二十人集》③。阿垅的《无题》写于 1944 年，而在此前，冯至和卞之琳都已经卓荦成家。赵野的阅读史，再次证明了一个文学史真相：八十年代文学——非徒赵野为然——之所接续，不是所谓十年文学，也不是所谓十七年文学，而是狭义上的现代文学（从二十年代到四十年代）。这是闲话不提；却说胡冬很快找到赵野，两者如切如磋，如兄如弟，联袂组建了"白色花诗社"。正是在此前后，唐亚平、胡冬和赵野颇有过从。他们每周推出一块——后来增加为两块——黑板报，引发了好几十张大字报参与讨论。后来忆及此事，赵野颇为自得，"我们收获了最初的自信、虚名和成就感"；而在胡冬找到赵野以前，赵野已经找到游小苏，"我非常喜欢他那些美妙的抒情诗，很快也结识了他身边那些杰出的朋友。"④

如果说游小苏游目于风景而唐亚平醉心于田园，那么，赵野则寄情于"山河"。"山河"不等于"山水"，前者意味着"家国"，后者则意味着"风景"。只有在这样的角度上，才能领会周伯仁

① 卞之琳著，人民文学出版社 1979 年版。
② 四川人民出版社 1980 年版。
③ 绿原、牛汉编，人民文学出版社 1981 年版。
④ 赵野《一些云烟，一些树》，《今天》2011 年第 1 期，总第 92 期，第 127 页，第 131 页。下引赵野，亦见此文。

的痛言："风景不殊，正自有山河之异！"① 却说胡冬在某个阶段，似乎也是如此，而赵野早已将山河——哪怕残山剩水——作为一生跪拜的圣物。在大学毕业前后，1985 年，他写出一部组诗《河》（至少有四首）。《河》第三首的第七行——"果子纷纷坠落"，呼应了《九行诗》第一首的第九行——"果子应念而落"。胡冬与赵野，谁传染了谁，现在已经很难查考。此类作品过于谦逊而安静，受到冷落，那是当然；诗人成为抒情之星，则得益于同年所作的一首情诗《阿兰》——这件作品，可与《金钟》相颉颃。鉴于此处意在山河，便只好忍痛割爱从略。1986 年，赵野写出《忠实的河流》。来读第四节："当河面飘起白雾，我听见 / 风琴在呜咽 / 因此远离人群 / 十倍小心，保卫祖传的孤独"。1988 年，他又写出《字的研究》。来读第十节："此刻，流水绕城郭，我的斗室昏暗 / 玉帛崩裂，天空发出回响 / 看啊，在我的凝视里 / 多少事物恢复了名称"。由此可以看出，对于诗人来说，山河自带文化学而非物理学意义。就如王维、范宽或黄公望所暗示的那样，山河乃是传统哲学的载体，或者反过来说，传统哲学、天道、古典诗、记忆和本色汉语都是山河的载体。诗人既非全然承恩于——亦非全然受制于——传统，而是在一个夹道里出色地回答了何谓新诗。传统在新诗中的内化，新诗在传统中的外溢，恰好更好地证明了两者的生命力。甚至可以这样讲，正是传统，让诗人将创造力引向了坦途。在谈到赵野的时候，臧棣说得真是特

---

① 刘义庆《世说新语·言语第二》。

别好："记忆"就是"想象力"，甚至还是"诗人的命运"①。故而诗人之所热衷，并非抱残守缺的事业，而是想象力和创造力的事业。

胡冬具有一蹴而就的异禀，一望而知的先锋性，而这两样，恰好都为赵野所缺。后者写出的所有作品，退步而行，逆风而立，并不具有迅速让人周知的醒目度。1987年夏天，邓翔去重庆看望了原本寡言的赵野，他注意到后者的"人"之变化——"他不断激动地提到毁灭、生命的琐屑，以及高尚的无助"，以及"诗"之变化——"他的诗歌开始消瘦起来，开始了一种素食主义者的收缩。"② 人之变化让人惊讶；而诗之变化，则更加决绝地躲开了当时颇为流行的各种注意力。大器晚成，他不着急。还要到很多年以后，比如2015年，赵野才能写出重要到不可被绕开的作品。比如《剩山》，"这片云有我的天下忧"，将一种士大夫的伤心怀抱托付给山河。西风东渐，古韵今非，风雅断绝而礼乐崩坏。诗人或暗结珠胎，先是"吾从周"，继而"吾从宋"，逐渐得了先贤之气场、心性之佳境与乎汉语之秘美。他将要恢复美妙的山河诗传统，更重要的，还将要恢复儒家、道家或佛家的平静的生活态度（外在的消极，内在的积极）。柏桦有一首诗《在古宋》，赠给赵野、邓翔和北望，来读其结句："我们已经漫游过，英语的、经济的、数学的／还有，还有……还有一天我们会在古宋／感觉到一种朝鲜边境的悲歌……"这里的省略号，就省略了一万

---

① 臧棣《出自固执的记忆》，赵野《逝者如斯》，作家出版社2003年版，第7页。
② 邓翔《在明净的日子里》，赵野《逝者如斯》，前揭，第129—130页。

字。不管怎么样，如前所述，还要到很多年以后，赵野才能被少数人——比如柏桦、敬文东或胡赳赳——发现和珍视为罕见的古典派诗人。

7

白色花诗社有三十多个成员，现在已经很难全部查实。但是，胡晓波既为白色花诗社的成员，又为新野诗社——钟山曾任社长——的成员则属无疑。胡晓波，1964年生于四川资阳，1982年考入四川大学，1986年分配到四川省社会科学院，2012年辞去公职。据赵野回忆，胡晓波虽"腼腆"，而胡冬"惊叹其才华"。白色花诗社某次搞活动，胡冬让胡晓波出了十块钱，这笔巨款有去无回，胡晓波不免心痛了两个月。这个喜剧故事，也许早有预兆——很快，胡晓波就选择放弃写作。胡晓波，当然还有郭健，都不相信贫穷是诗人的事业，他们转而用商业平息了抒情热血。当年，胡晓波是经济系的抒情之星，如今，他是成都的中产阶级。这个掉头而去的前诗人，早已避谈文学，听任初期作品散佚于茫茫江湖。

应该是在1985年4月以前（具体时间不详），胡晓波写出《玫瑰1号》，刊于《现代诗内部交流资料》。这件作品乃是一个诗与散文的混合体，又像是一出童话剧——中心舞台是"宫殿"，主要道具是"玫瑰"，主要人物是"王子"，次要人物有"仙女""盲女人""王子""舞剑的白衣少年""宫女""公主""裸体舞女"和"画匠"。诗人之所讲述，根本不是一个有头有尾的故事，而是很多个忽东忽西的场景。这件作品颇有欧洲浪漫派之风，新得很旧，这里引来一个片段："马戏团的女主角紧追飞奔马车，尘土飞扬；不知谁静静坐在阳台上读一本最老版本的抒情诗集，刚浆洗过的内衣在旧沙发上芬芳"。

为了将本文引向预先设定好的环节，笔者不惮于展开艾柯（Umberto Eco）所谓"过度诠释"（overinterpretation），将上文的"马戏团的女主角"和"谁"，斗胆——或故意——理解为两种诗人形象：一种是紧张的加速的诗人，一种是安闲的怀旧的诗人，两者分别对应左边之诗和右边之诗。如果说赵野和胡晓波属于后者，那么唐丹鸿就属于前者。唐丹鸿，1965 年生于成都，1983 年考入四川大学，1986 年分配到华西医科大学图书馆，1990 年辞去公职，2005 年移居以色列。唐丹鸿给她的好闺蜜——也是翟永明——留下过什么印象？"脸若白瓷""前额略向外突""微微上翘的双唇"，还有"淡绿色的方格线织外衣"。唐丹鸿和胡晓波曾结连理，很多人都认为，前者更具有诗人的天赋（天才）。唐丹鸿却从来不在乎自己的诗人身份，她更为看重的身份，也许包括图书情报系的女生，诗人的女友，画廊的工人，纪录片工作室的编导，西藏的骨灰级游客，或成都仁厚街四十一号附二号卡夫卡书店（Kafka Bookstore）的老板？

唐丹鸿的作品可谓极其罕见，甚至，比胡晓波更为罕见。大约是在八十年代末期，或九十年代初期，不会晚于 1995 年，她写出《机关枪新娘》，刊于《他们》第八期。"机关枪"是一个名词，"新娘"也是一个名词，两个名词相距甚远，却被强行焊接成一个雌雄同体的新词，"新娘"因而获得了"机关枪"的杀伤力和攻击性。来读第一节："那是纯洁的燃烧的星期几？/ 穿高筒丝袜的交叉的美腿一挺 / 我吹哨：机关枪新娘，机关枪 / 你转动了我全身的方向盘 / 你命令我驶向了疯人院"。这件作品甚是难懂，究其原因，在于人称的变幻莫测。甚至连诗人蓝蓝都认为，"你"是"新娘"，"我"亦是"新娘"，两者相加才等于"抒情主体"："女人本身就是武器，她进攻的身体变成了失控的汽车、爆炸的火药、错乱的扳机，而被击中的目标则是头发、乳房、赤裸的身体。"[①] 那么，"抒情主体"的左右互搏有何"意义"？也许根本没有"语义"层面的意义，而徒有"形式"层面的意义？笔者不愿意陷入这个泥淖，而要提出不同的看法——"你"是"你"，"我"是"我"，"抒情主体"是"你"不是"我"。那么，"我"又是谁？当是作者伪托或借用的"男性"。"诗人"变成"你"（亦即"机关枪新娘"），乃是抒情主体的客体化；"男性"变成"我"，乃是抒情客体的主体化。于是乎，我们得到一个作为"男性"的"假性抒情主体"。故而，《机关枪新娘》乃是角色反串之诗。这件作品有个姊妹篇，亦即《突然吊桥升起……》，也写到"我"，写到"我"之所见——"高抬的左腿""乳房"

---

① 蔡天新主编《现代汉诗 110 首》，生活·读书·新知三联书店 2017 年版，第 302 页。

和"嘹亮的裸体正四蹄狂奔"。当然，也有必要参读《次曲美人》。可见诗人总是借助于"男性"的打量，纵容了"女性"的肉体骄傲。这让对女性问题极为敏感的翟永明，想到了一个女作家对其作品的自我评价："它不属于那些放肆、邪恶、富于刺激的书，不过在它格外平滑的表面上当然也有几个稍许亵渎的段落。"如果说游小苏是一个孤独的前奏，那么唐丹鸿就一个尖锐的不协调音。且引来《机关枪新娘》的最后两行，作为无数"男性"或"男性诗人"——又岂止胡晓波——的不情愿的台词："我是闪身让你加速的高速公路 / 我是棉花、水银和……呜咽"。

8

在言及胡晓波的时候，笔者难以自抑，已用更多笔墨言及唐丹鸿；然则，还有一位诗人温恕，与胡晓波同时入校，却比唐丹鸿更晚离校。温恕，1966年生于四川德阳，1982年考入四川大学，因旷课和考试不及格而两次留级，1988年被退学，1990年就业于德阳制药厂，1993年考入重庆师范学院（从李敬敏读硕士），1996年分配到渝州大学，2000年考入四川大学（从冯宪光读博士），2003年调入重庆师范大学，2016年病逝于重庆。温恕的本科，为何读了六年，为何多出两年？笔者乐于给出一个主观的、诗意的或神秘主义的解释——他似乎一直在等待柏桦考入四川大学。据说，在柏桦进校以前，温恕已经四处宣扬："有大诗人来也。"1986

年秋冬某日，银杏叶变黄，两者必须见面。据说温恕去见柏桦亦有挑衅之意，当他看见后者失神之态，才临时改变了主意，这也可以说是不打不相识。温恕给柏桦留下过什么印象？"川大年轻学生疯狂和痛苦的代表"，"猛烈"，"瘦弱、急躁、好说话"，"无所谓"，"少见的大气"，"头脑极其混乱"，"动辄自杀"，"除了喝酒、逢人就倾诉外，就是睡觉或走马灯式的恋爱"。温恕又曾如何夫子自道？"全部青春是乱中取胜"。就这样，一拍即合，两者很快就成为诗心相印而怪癖相通的密友。"那个时候，"杨政对笔者说，"柏桦把温恕搞疯了。"杨政，1968年生于上海，1969年迁至四川江油，1985年考入四川大学，1989年分配到福建省新闻出版总社，2000年下海并移居北京。正是温恕和杨政，将把抒情风向标一把拽向等待已久的中文系。

柏桦曾经很爽快地承认过，温恕长得跟他很像。这件事情，殊难理解——因为，两者不仅形貌，还有性格、风格乃至知识谱系都很像。比如，1982年11月，柏桦写出《抒情诗一首》，1986年11月到12月，温恕写出《抒情诗三首》；1987年8月，1988年10月，温恕和柏桦先后各写出一首《往事》。来读温恕的《往事》："我注意到你再度沉思 / 神情惊惶的双手 / 不安发自肺腑 / 愤怒也身不由己"。这件作品叙及的抒情诗人形象，到底是"左边"的柏桦，还是"左支右绌"的温恕呢？到了1988年，温恕写出一首《波特莱尔[①]》，一首《帕斯捷尔纳克》。这是他

---

① 今通译作"波德莱尔"。

在向自己的"美学上级"——还是柏桦的"精神父亲"——致敬呢？而在 1989 年 6 月，温恕又写出一首《娜娜》，这是他在对自己的"娜娜"——还是柏桦的"小地主的女儿"——抒情呢？这些难分难解的问题，恐怕连诗人也不能回答。后来，在一篇无题未刊稿中，杨政曾这样谈及温恕和柏桦："他们互相凝视、碰撞，并结合成一片，借由向对方致敬来宣示自身的合法性。"

柏桦的抒情诗主要有两个向度：他有时候写出几首左边之诗，有时候——似乎是为了自救——写出几首右边之诗。这就构成了一种平衡，一种治疗。而温恕有所不同，他总是在一件作品的内部，同时写作右边之诗与左边之诗。或者可以这样来说，他的很多作品都有两个针锋相对的声部。这就构成了一种对峙，一种煎熬。来读《抒情诗三首》（其三）："看看这一个，敌人或者同伴 / 这一面玻璃如此巨大 / 这是我的影子 / 哪一个更加虚弱、更加抒情"。诗人同时拥有两个"我"：作为"敌人"的"我"，作为"同伴"的"我"，在大多数情况下，前者带来左边之诗，后者带来右边之诗，而左边之诗总是横扫右边之诗。至于柏桦，他最激赏温恕哪件作品呢？当然是就《奥斯卡·王尔德的最后时光》——这件作品，据柏桦回忆，脱稿于八十年代。来读第二十八行，"一个王尔德反对另一个王尔德"。温恕看到了两个王尔德（Oscar Wilde），笔者也看到了两个乃至多个温恕。两个乃至多个温恕？是的，他既是一个精通英文的博士或副教授，又是一个天真的小孩子；既是一个谦谦君子，又是一个说话刺耳的"恶棍"；既是一个被迫的隐士，又是一个临时的"流氓"；既是一个智识之士，又是一个坐在桌子边痛哭的酒鬼；既是一个长久的沉默者，又是一个即兴的话痨；既是一个忧郁王子，又是一个努力扮演出来的"粗人"；既是一个精神上的贵族，又是一个几乎无家可归的浪荡子；当然，他既在右边枯坐，同时又在左边来回踱步。这里需要再次提及杨政，引来他对温恕的点穴式点评："他的写作不过是在这个二律背反中虚构出一个中间地带，一处悬空的楼阁"，"他越是在现实世界撞得头破血流，就越会在那个中间地带享受某种生命的馈赠。"① 杨政还有一首散文体自况诗《旋转的木马》，也可以看成是对温恕的连环问："你从哪一个自我出发？又将回到哪一个？后面推动你的是哪一个？前方牵引你的是哪一个？你在哪一个里面睡眠？在哪一个里面喧哗？一心一意的是哪一个？冷眼旁观的是哪一个？一个冲向一个，一个逃离一个。我是多么不同的我！"温恕——当然还有杨政——各是一组"旋转的木马"，明乎此，就不难理解温恕为何不断写到镜子，写到镜子中的影子，写到自己的不同肖像，写到自己与自己的短兵相接，就像他的四周总是竖立着很多面搬不走打不碎的镜子。

然而谁又能否定这样一个至为简单的常识——镜子越多，越是看不清影了、肖像和命运？在一封信里面，温恕谈到了一种堪称高尚而天真的困惑："我常常望着房子另一面的天主教堂的十字架尖顶发呆：耶稣受难是因为使命，我这样的凡人受难是为

----

① 无题未刊稿。

了什么？我不过喜欢写作而已。"①生活和写作，特别是受难式的生活，受难式的写作，很可能真是一件要命的事情。2016 年 7 月 24 日，温恕仙游，享年仅有五十岁。他在死前给柏桦留言，这样说到他和他的爱人："世界只剩下我们两个人了。"柏桦为这位密友写过四首赠诗或挽诗，其中 首《青春》，他在三十多年里至少改了三遍。来读最新版的前六行："川大少年的海市蜃楼／怎么成了彼得堡的白夜？／爱抱怨的他找不到医生／他开始皮包骨头抒情／哭聋一年一年的耳朵／怀才不遇，当街撞车！"这件作品的曾广为流传的初版，写于 1986 年冬天，那个时候温恕只有二十岁。

9

　　四川大学举行了一次征文活动，让温恕发现了中文系新生杨政。大约在 1985 年秋天，前者主动找到后者，并向后者郑重推荐了里尔克（Rainer Maria Rilke）及其《致青年诗人的信》。杨政后来认为，里尔克乃是四川大学的一个小传统。"检查一下这原因是否扎根于你心灵的最深处，坦率地承认，假如你不写，你是否一定会寻死？"里尔克给青年诗人提出的这个问题，对杨政和温恕来说，简直就不是什么问题。杨政同时认为，叶芝（William Butler Yeats）是对里尔克的必要补充，"他们皆为浪漫主义和象

---

① 转引自孙青青《怀着敬意看待您经受的苦难》，《温恕诗集》，重庆出版社 2017 年版，第 5 页。

征主义的糅合体"①。抒情的同志，既找到了上级，又找到了战友。
"我开始抽烟、熬夜、蓄长发、过府穿州、放荡襟怀，参加各种
文学社团活动，并不再上课（有什么可上的呢），代以宏大的读
书计划"，这是杨政的青春回忆录；"身材瘦削，鼻梁奇高，颇
有古代陌上薄面郎之风神"②，这是杨政留给向以鲜的少年肖像；
"饱满、张扬、自知限度、暗藏理想"③，这是杨政留给敬文东
的中年肖像。向以鲜，1963 年生于四川万源，1979 年考入西南
师范学院，1983 年考入南开大学（从王达津读硕士），1986 年
分配到四川大学。

　　参照杨政的上述有关看法，笔者也可以这样说——游小苏也
是赵野的一个小传统，柏桦则是温恕的一个小传统。温恕像柏桦
那样不断写到夏天，又像张枣那样不断写到镜子，就像写到耳朵
里面的一大把钢针。温恕既学柏桦，又学张枣，以至于渐能区别
于柏桦和张枣。而杨政，先学柏桦，后学钟鸣，以至于颇能区别
于柏桦和钟鸣。杨政曾用自行车，驮着柏桦去工人日报社见钟鸣。
如果杨政对柏桦的影响不以为然，也许还有更加圆滑的表述：所
谓"集体的诗情"既孵化了柏桦，又孵化了赵野、温恕或杨政。
如问母鸡是谁？那个时代，那些亚文化场域。1988 年，杨政写
出《星星》和《湖荡》。首先，来读《湖荡》第十三行："黄金！
爱情！炸药！泪水集中营，盲目的青春力量"。接着，来读《星

---

① 参读《走向孤绝》，杨政《苍蝇》，海豚出版社 2016 年版，第 4–5 页。下引杨政，亦见此书。
② 向以鲜《谁是杨政》，未刊稿。
③ 敬文东《成我未遂乃成灰》，杨政《苍蝇》，前揭，第 257 页。下引敬文东，亦见此文。

星》第十行："再会吧，再会！红色、脆弱的芬芳"。《湖荡》既有一种叶芝风，又有一种柏桦风，似乎毋须展开来说。《星星》则可谓上承柏桦的《再见，夏天》，来读后者第十六行，"忘却吧、记住吧、再见吧，夏天"；下启温恕的《回答》，来读此诗第十二行："再见了，朋友、再见了，敌人"。两件作品都善用顿号，可谓妙手生春，出奇制胜，这是闲话不提；却说《再见，夏天》写于 1984 年 8 月，而《回答》则写于 1989 年 4 月 2 日。那么，似乎可以这样来说——柏桦、赵野、温恕和杨政，几乎参差同时，共同修订了关于抒情诗的定义：这既是一门关于挽留的艺术，又是一门关于告别的艺术。

杨政经历过一次非常罕见的"天启"，类似于瓦雷里（Paul Valery）的"热那亚之夜"，或帕斯卡尔（Blaise Pascal）的"咖啡馆之夜"。时间是在 1988 年初冬，地点是在四川大学旁文化路上的留晓咖啡馆。"大地上的一切排列不可能是无缘无故的，在表象世界的背后，我分明看见一架奏鸣着无穷数字的琴键，还有那只敲击着它的手"。在这样一个奇迹般的时刻，诗人忽而觉悟了"自身主体性"，以及"语言主体性"，并带领着豁然洞开的"自身"和"语言"，立刻奔赴或搭建一个"秘密"，一个"从未呈现的景象"，当然也就是"一个新世界"。诗人把这次经历视为他的自主写作的"发轫"，并把随后写出的《小木偶》视为半生写作的"分水岭"。这件作品至关重要，来读第二至第四节："你虚构了这个哭泣的世界 / 一半冰凉，一半是火焰 / 我

在其中冥思和睡眠 // 直到那条苍白的绳索 / 引领我去生活 / 我是个迷人的小木偶 // 啊，高高的帷布下面 / 潜伏着一只虚荣的巨手 / 它在向时光的女王敬礼！""小木偶"之于"巨手"，正如"琴键"之于"敲击着它的手"。至于诗意的"琴键"，为何被替换为非诗意的"小木偶"，这里面，可能就隐含着一种难以细说的心酸感。这且不论；却说"小木偶"和"琴键"都是"表象世界"，而"巨手"和"敲击着它的手"才是那个唯一的"秘密"。诗人"凿空"了"表象世界"和"秘密"之间的黑暗走廊，让作品在一个无人区确立了只属于自己的态度与风格。只有自己剥掉自己的皮，反穿前辈的缁衣，才有可能得到这样的结果。2015年2月，诗人写出《水碾河》，纪念了他的独立日："挥汗如雨的缁衣 / 正被我们反穿，来自明天的人面面相觑"。钟鸣就曾一眼看出，这件缁衣的主人正是柏桦[①]。

　　杨政在高中时代就开始写诗，到大学时代，已完成为数不少的作品。从八十年代中期，到九十年代初期，他已先后自印三部诗集：1986 年，自印《往事》；1989 年，自印《十九首抒情诗》；1991 年，自印《奔向二十一世纪的玩偶》（这个"玩偶"，或即"小木偶"）。然而，如果只讨论杨政——还有赵野——的八十年代，对他们来说，就会显得很不公平。这是因为，他们还有更低调也更炫目的未来。比如杨政，他将在一个痛定思痛的中年，秉持一种公共知识分子式的独立观察，将洛尔迦（Federico García

① 钟鸣《当代英雄》，杨政《苍蝇》，前揭，第 15 页。

Lorca）式的民谣、蜀中方言、古典、小地理、反讽修辞学和时事交错为更加复杂而丰富的作品。比如2016年，就在温恕仙游前后，杨政再次接受汉语的召唤，写出一首后来备受赞美的《苍蝇》（当然，这件作品或已不是抒情诗）。诗人在不断提高写作难度的同时，已然预知，并认领了自己的命运："鄙人属于半成品，还在速成班上苦修成灰"[①]。

10

1986年9月是一个重要时间段，很多青年诗人，都在这个时间段来到四川大学。这些青年诗人，既有入读的硕士生（比如柏桦、潘家柱和张同道），又有进修人员（比如漆维和张浩），还有新分来的青年教师（比如向以鲜），他们的啸聚，既扰动着四川大学的抒情血统，又吸引了校外成都诗人的关注和参加。潘家柱（又叫三郎或赵楚），1962年生于安徽肥西，1979年考入解放军国际关系学院（在南京），1983年分配到解放军通信学院（在重庆），1986年考入四川大学（从王世德读硕士），1989年肄业，1991年调入西藏大学，1992年辞去公职，2000年担任《国际展望》执行主编。漆维（又叫傅维），1963年生于重庆北碚，1981年考入重庆师范学院，1985年分配到重庆重型汽车职工大学，1986年进修于四川大学，1989年调入《厂长经理报》（正

---

① 杨政原文为"烧灰"，被敬文东误作"成灰"，堪称歪打正着和应手生春。

117

当此报从重庆迁往成都），1993 年辞去公职。真谓可鲜衣怒马，风云际会。恰是在 1986 年深冬，由温恕参与促成，在四川大学举行了一个诗歌朗诵会。从校内，或校外，来了很多诗人和艺术家：除了前辈诗人孙静轩，还有青年诗人和艺术家翟永明、郭健、吴奇章、萧全、向以鲜、潘家柱、漆维、殷英、冯军和温恕。朗诵会当天，据柏桦回忆，他缠了"一条黑白相间的大围巾"，很像流行读物《青春之歌》里的"卢嘉川"；而吴奇章穿着"鲜红的夹克衫"，就像"一个艺术家或一个有钱的花花公子"。柏桦在重庆的旧作《再见，夏天》，先被一个漂亮女生用普通话朗诵；而他在成都的新作《在清朝》，则被一位青年教师用达州话朗诵。这位青年教师正是向以鲜，他是柏桦在重庆的老友，"一位眼睛总是浸满泪水的诗人"。朗诵会结束，很多诗人兴犹未尽，一起走向四川大学后门的小酒馆。这个美妙而令人沉醉的诗酒之夜，似乎颇有花絮，"其间诗酒夹杂，一个灯下的女孩在哭泣，她突然抬起苍白的小脸勇敢地饮下半杯白酒"。

　　笔者在此处还是要重点谈及向以鲜，他在分来四川大学以前，已经形成了较为复杂而偏于传统的知识谱系——来自父亲的通俗历史学和现代文学，来自中学班主任的德语气息和古诗词风韵，来自西南师范学院郑思虞、秦效侃、荀运昌和曹慕樊等教授的古典文学，来自南开大学王达津教授的庄子和古典文学，以及吴宓和何其芳在西师，穆旦和朱维之在南开的流风遗韵。就在这个阶段，向以鲜已熟读庄子和杜诗。如果说天津通过向以鲜，给燠热的成都带来了一种北方式的冷硬；那么前述知识谱系，则给诗人的写作带来了一种越来越丰富的互文性（intertextuality）景观。

从 1983 年到 1987 年，亦即从天津到成都，向以鲜写出一个组诗《石头动物园》（共有十六首）。来读这个组诗的题记："石头？/ 石头。/ 在石头的外面？/ 不！在石头的背后或里面"。诗人的工作为何如？把"石头"写成"动物"，让"石头"获得肉身；或把"动物"刻入"石头"，让"动物"获得永恒。从绝对意义上讲，连"人"和"诗人"也是"动物"，只有"诗"才是不朽的"石头"。可参读《老虎》《幼狮》《玻璃兽》《羞猫》或《狐面蝴蝶》——其中，前面第二首所写，正是澳大利亚的艾尔斯巨石（Ayers Rock）。诗人对"物"或"动物"的迷恋，可能受到过古罗马卢克莱修（Titus Lucretius Carus）的浸润——早在 1983 年夏天，他就读到过方书春译来的《物性论》。他一直保持了这种迷恋，后来写出两百多首动物诗。此类动物诗或咏物诗，大都是自况，因而也算是抒情诗。来读《无色之马》第二节："无色之马小心谨慎 / 叩击向晚精致的石桥 / 细澜多么孤独啊 / 暮秋的邮亭黄叶无数"。这种抒情诗看起来有点冷有点硬，诗人自喻为"水中的刀锋"[①]，笔者称之为"物化抒情诗"或"冰镇抒情诗"，或已给四川大学的抒情主义制造了一次险情或一个急转弯。

与《石头动物园》参差同时，从 1983 年到 1989 年，诗人还写有一批作品，比如《割玻璃的人》《苏小小》和《尾生》。《割

---

① 向以鲜《玄珠》，徐永、向以鲜、凸凹《诗三人行》，海风出版社 2009 年版，第 120 页。

玻璃的人》尚在"物"与"人"之间游弋，《苏小小》和《尾生》则在"物"和"动物"以外发挥。由此还可以牵出另外一个重要问题：《苏小小》和《尾生》都有"上游文本"，分别是李贺的《苏小小墓》和庄子的《盗跖篇》。当诗人终于弃写旧体诗，却用新诗重构了"传统"或"古典文学"。此种派生性的写作，还将在其将来发为大端。看来，诗人是想一直待在营养过剩的古籍所——这个古籍所邻于荷花池塘，附近栽种了若干银杏和法国梧桐。

11

还是接着来谈向以鲜，因为，现在重点要谈与四川大学相关的刊物（主要是民刊）。对于这段小历史来说，诗人既是重要的见证者，重要的参与者，亦是情有独钟的梳理者①。

1987 年冬天，向以鲜曾经参与编辑《红旗》。与他无涉而又值得叙及的民刊，此前尚有《锦江》和《第三代人》。首先来谈《锦江》。这是一份综合性文学刊物，主编有龚巧明和潇潇，创办于 1979 年 6 月。创刊号刊有郑嘉的新诗《向着太阳，飞奔》："即使有些悲观、颓废／也比热情被利用、青春被强奸／强上百倍万分／有眼，就要睁开来观云测风／有腿，就要迈开去走西奔东"。到 1980 年春天，出完第三期，拟出第四期，这个刊物忽

---

① 参读向以鲜《八十年代：锦江边的诗歌弄潮儿》，《草堂》2017 年第 8 期。下引向以鲜，亦见此文。

然有疾而终。第四期，据游小苏回忆，本已编入他的一组作品。
《锦江》曾经试卖于何处？除了四川大学，还有九眼桥、盐市口、
春熙路和锦江宾馆。据说所到之处，均被哄抢一空。某个七九级
的学生，把这个刊物带回江油，并在一个工厂里面举行文学聚会。
少年郎杨政由是读到这个刊物，迷醉于其青春气息，经实地考察
后决定报考四川大学。凡此种种，可见一斑。故而向以鲜认为，
《锦江》创造了"最迷人最热烈的风景"："青春、热血、理想、
诗歌、汉语、先锋、无所畏惧！"《锦江》停刊，《锦水》创刊——
温恕和杨政都曾编过《锦水》。接着来谈《第三代人》。这是一
份诗刊或同仁诗刊，名义主编为赵野（这让他出尽风头），执行
主编为何继明，创办于1983年8月。据邓翔回忆，胡冬也贡献
过力量。胡冬和赵野来自四川大学，何继明却来自成都科技大学。
这个微妙细节，或可见出某种消长。但是，四川大学为这份诗刊，
仍然输送过几个作者，至少包括赵野、唐亚平和胡晓波。

　　无论是《锦江》还是《第三代人》，对向以鲜来说，都已如
同开元天宝间事。那么，还是来谈《红旗》。这是一份诗刊，编
辑为孙文波、漆维、向以鲜和潘家柱，创办于1987年岁暮。除
了孙文波，另外三位编辑都来自四川大学。向以鲜至今记得那个
冬天，孙文波带着潘家柱和漆维，推着一辆破旧的二八自行车，
来到向阳村四舍教师集体宿舍的情景。就在当晚，他们把刊物定
名为《红旗》。刊名由向以鲜在钢板上刻出，刊物采用油印并用
订书机装订。那么，何谓"红旗"？柏桦有过解释，"红旗即抒

情，即血染的风采"。可见这个命名，既包含了对写作的认知，也包含了对写作之处境或命运的认知。《红旗》创刊号，曾在扉页印有毛泽东的《清平乐·蒋桂战争》（下阕）："红旗越过汀江，直下龙岩上杭。收拾金瓯一片，分田分地真忙。"到了如今，向以鲜也许更愿意引来宋人潘阆的《酒泉子·长忆观潮》："弄潮儿向涛头立，手把红旗旗不湿。别来几向梦中看，梦觉尚心寒。"两首词，两种心境，细品来天地翻覆。《红旗》一共出了四期，终刊号问世于 1988 年 12 月。第三期似已散佚，不为笔者所见。创刊号的作者，包括孙文波、傅维（漆维）、林莽、郭豫斌、王永贵、柏桦、向以鲜和三郎（潘家柱）。潘家柱写了一份《导言》，其间赫然有句，"诗的命定的抒情品格乃是诗作为生命的内在规定的呈现"。第二期的作者，包括孙文波、赵野、三郎、桑子、傅维、向以鲜、彭逸林、万夏、柏桦和张枣，刊出了柏桦的《痛》和《牺牲品》。终刊号的作者和译者，包括傅维、雪迪、张枣、严力、万夏、孙文波、大卫·盖斯科因（David Gascoyme）、董继平，刊出了张枣的《木兰树》。《红旗》虽然创刊于四川大学，张贴于研究生楼旁的水泥墙，其触须却很快伸向了校外、省外乃至国外的抒情峡谷。

就在《红旗》终刊号问世以前，1988 年 10 月，向以鲜还曾参与《王朝》和《天籁》。首先来谈《王朝》。这是一份四开诗报，主编为杨政和熊剑，创办于 1988 年 10 月 1 日。刊名由向以鲜集来苏东坡的两个隶字，诗报采用铅印而非油印。《王朝》创刊号的作者，包括李青慧、郑单衣、张枣、赵野、杨政、青森、向以鲜、胡冬、李亚伟、浪子、漆维、邓翔、王志、熊剑和柏桦，刊出了柏桦的《琼斯敦》和《青春》。在这份诗报创刊以前，郑单衣已厮混于四川大学，而刘苏（又叫浪子）也进修于四川大学。接着来谈《天籁》。这是一份诗刊，编者为郑单衣、向以鲜、查常平、长风（张同道）、戴光郁和浪子，执行编者为浪子和郑单衣，创办于1988年10月。刊名可能来自四川音乐学院何训田刚在国外获了大奖的音乐作品《天籁》，也可能来自向以鲜正在读的奇书《庄子》，还有可能来自浪子才写好的新诗《天籁》，刊物封面设计为戴光郁（一个"愤怒画家"①，后来在艺术界得了大名）。《天籁》创刊号的作者和译者，包括郑单衣、向以鲜、赵野、浪子、爱伦·坡（Edgar Allan Poe）、张同道、岛崎藤村、查常平、张枣和柏桦。笔者注意到有好几件作品，既见于《王朝》，又见于《天籁》。《天籁》出过第二期，似已散佚，据说乃是关于成都先锋舞蹈家张平的一个小专辑。既然上文已经说到郑单衣，那就必须提到《写作间》。这是一份诗刊，主编为漆维、钟山和郑单衣，创办于1989年。《写作间》一共出了两期，被柏桦视为"一个提倡忘我劳动的超现实主义写作车间"，并把温恕视为其所奉献的"一颗诗歌之星"。

无论是上述民刊的编者群和作者群，还是下述民刊的作者群，都可以看到来自四川大学的身影。比如，1985年4月，万夏主编《现

---

① 郑单衣《昨晚我写诗了吗》，未刊稿。

123

代诗内部交流资料》，编辑包括胡冬和赵野，作者包括赵野、胡冬、胡小波（胡晓波）。1986 年 12 月，及 1989 年 1 月，石光华等先后编印两期《汉诗》，创刊号作者包括柏桦和赵野，终刊号作者包括潘家柱。1988 年 11 月，大川和青森创办《黑旗》，编者包括大川，作者包括温恕、吴昊、陈大川和刘泽。1989 年 10 月，钟鸣主编《象罔》，命名者是向以鲜，作者包括赵野、柏桦、杨政和向以鲜。

前述刊物（主要是民刊）通过非主流渠道，只在小范围传播，并未形成较大影响力。然则，另有一部公开发行的《蓝色风景线》①，主编为仲先（乃是杨政之室友也），选稿者包括向以鲜、郑万勇、陈健、刘泽、王强和龚渊文，作序者为孙静轩，作者（以在校教师和学生为主）共有四十六家，作品接近一百三十件，出版于 1988 年 9 月，较为全面地托举和浮现出了四川大学的抒情主义列岛。

12

前述绝大多数四川大学诗人及其作品，都具有"抒情偏向"（lyrical bend），或"抒情性"（lyricality），最终形成了两种潜在性的、相互缠绕的"抒情主义"（lyricism）。也就是说，这是抒情主义的麻花辫——既可以拆分为左边之诗与右边之诗，又可

① 四川大学出版社 1988 年版。

以拆分为抒情诗与反抒情诗，还可以拆分为抒情主义的串珠式景观与团花式景观。

本文由游小苏和郭健，而唐亚平，而胡冬，而赵野，而胡晓波和唐丹鸿，而温恕，而杨政，一路逶迤，已清晰呈现为一种串珠式景观；及至柏桦入校，就逐渐呈现为一种团花式景观：温恕和杨政为一组，向以鲜、潘家柱和漆维为一组，向以鲜、查常平、张同道和刘苏为一组，三组交错，群芳争艳。所谓串珠式景观，就需要历时性叙述。好比《儒林外史》；又好比《水浒传》前七十回：由史大郎，而花和尚，而小霸王，而林教头，而小旋风，而青面兽，而急先锋，而赤发鬼，而吴学究，而阮氏三雄，而入云龙公孙胜。鲁迅对《儒林外史》的评语，"驱使各种人物，行列而来，事与其来俱起，亦与其去俱讫"①，当然也可以适用于《水浒传》前七十回。团花式景观则需要共时性叙述，好比《水浒传》后五十回：百单八将聚齐，大块吃肉，大碗喝酒，全都加入了一种集体生活。四川大学的集体生活怎么样？除了酒，除了诗，还有漂亮女生——就有好些诗人，为了一个女生而集体发疯。来读柏桦的《郑单衣》："惹是生非，艳福不断／（那女生好像姓杨）"。至于前文谈到的若干民刊，《锦江》也罢，《第三代人》也罢，《红旗》也罢，《王朝》也罢，《天籁》也罢，《写作间》也罢，如同野山寨，恰是这种集体生活的空间依据。非徒漂亮女生而已，这些好风光，真个就如汪元量之所惊艳："万里扬鞭到

① 鲁迅《中国小说史略》，东方出版社 1996 年版，第 176 页。

益州，旌旗小队锦江头。红船载酒环歌女，摇荡百花潭水秋。"

那么是否确如柏桦所说——四川大学存有一个"新的抒情组织"，甚而至于，存有一个"抒情诗派"？向以鲜倾向于给出肯定性答案，如果笔者附议，当是基于前述团花式景观而非串珠式景观。所谓串珠式景观，颇有串断珠脱之虞。"游小苏不会写诗，"杨政就曾说，"那是柏桦的谎言。"可见串珠式景观，随时都有可能，散落为一堆互不相识或互不相关的碎锦。

就在从四川大学毕业那年，杨政离开了蜀地。周无当年走得远，去了泰西；杨政如今不算远，只到闽东。敬文东认为，这个杨政"必将成为故乡的人质"；笔者则认为，所有杨政"必将成为八十年代的人质"。杨政客居福州，柏桦枯坐重庆，两者都孤独，于是不断地通信。他们会说些什么？且让笔者引来两者各一段文字，虚构出一场隔空对话——也许，杨政会提前收到柏桦的一声叹息："抒情的月经已经流尽"；而柏桦也会提前收到杨政的喃喃自语："未来会变成怎么样呢？不知道。卡内蒂说，未来永远是错的——因为我们对它发挥了太多的影响。"

2021 年 2 月 9 日

"人学万夏，诗学宋炜"：整体主义诗派索隐

1

沐川是一个县，一座城，森林环绕，群山起伏，位于岷江、大渡河和金沙江之间的三角地带。或许，沐川还是一艘船。什么船？比如弗吉尼亚号（Virginian）。这个故事始于一个弃婴：弗吉尼亚号的煤炭工，丹尼（Danny Boodman），偶然发现了这个弃婴。弃婴装在一个纸箱里，纸箱放在一架钢琴上。这个纸箱印有如是字样：TD 牌柠檬。丹尼坚持这样来理解："TD"，就是"Thanks Danny"①。丹尼决定抚养这个弃婴，将他命名为"1900"，这个弃婴以船为家，逐渐长大，居然成了一个天才的钢琴师。他的即兴弹奏，尤其是在三等舱，带动并应和了每个听众的心跳。这个故事，出自小说——及电影——《海上钢琴师》

---

① 意为"多谢丹尼"。

127

（*The Legend of 1900*）。既有海上钢琴师，就有山中诗人。沐川宋氏昆仲，奔放渠炜，就是这样的山中诗人或山中葫芦娃。渠炜，不是一个人，而是两个人——宋渠和宋炜。宋渠，1963年生于四川沐川，1978年毕业于沐川中学，1979年就业于县农业银行，1980年分到利店镇营业所，1981年调入县工商银行，1987年调入县文化馆，1994年辞去公职。从银行，到文化馆，便是从米兜兜跳进了糠兜兜。而宋渠不顾，可见其志趣。宋炜，1964年生于成都，1970年回到沐川，小学与中学辗转就读于成都和沐川，1982年毕业于沐川中学，任过或混过县政协委员和市青联委员，1988年就业于县文化馆，1992年辞去公职。据说宋炜曾偷书于书店，得手后出门，偶遇陈德玉。后者见前者须发潦草，给他二十块，叫他去理发。孰料前者立马返回刚才那家书店，将这二十块，全部买了书。这段佳话，颇有韵味，今天已不可复睹矣。陈德玉时任乐山市委副书记，甚是爱才，亲自出面将宋炜安排到沐川县文化馆。却说宋渠在文化馆，担任文学辅导员，参与民间故事集成；宋炜在文化馆，担任音乐辅导员，参与民间音乐集成。宋渠为诗，宋炜改之，宋炜为诗，宋渠改之，和气夹杂着负气，服气夹杂着赌气，兄弟俩的诗文干脆就都署名为渠炜。宋奔与宋放，亦能为诗，终以敌不过渠炜而作罢。宋奔，1958年生于沐川，1976年下到金星公社，1978年考入四川师范学院，1982年分配到沐川中学，1992年调入峨眉第二中学，1994年调入乐山市文联，1997年调入眉山市文联，2001年调入三苏祠博物馆。设若没有宋奔，或许就没有整体主义。就像没有丹尼，便也没有海上钢琴师，好似长着四只手的海上钢琴师，"他弹的是一种从未有过的音乐"①。

宋氏昆仲何以与成都结缘？他们的外婆，舅父，都住在成都。东门，迎曦街。宋奔甚至一直求学于成都：从天涯石南街小学，到第三十四中学，再到四川师范学院。宋奔读小学，就认识了石光华。从小学，到大学，他们一直同级、同校甚或同班。石光华，1958年生于成都，1978年考入四川师范学院，1982年分配到成都工农兵中学（第四十六中学），1988年被孙静轩借调到星星诗刊社，1989年辞去公职。"宋奔那时候还叫宋念红，"石光华不无自得地回忆说，"我们，与其他两个同学，并称为第三十四中学四大才子。"早在1978年，通过宋奔，石光华就认识了少年渠炜。那个时候，宋炜正在学琵琶，宋奔正在学竹笛和古琴。石光华初入大学，有人谈到"姜夔"，他不知其为何人，有人谈到"小学"②，他不知其为何物。话说并不是别人，正是宋奔，随口谈到姜夔。他说，姜夔好用"通感"，比如其《扬州慢》："二十四桥仍在,波心荡,冷月无声。念桥边红药,年年知为谁生？"姜夔，通感，小学，镇住了原本志得意满的石光华。必须赶英超美，他咬咬牙，一头扎进了深水般的阅读——那可真是个饥饿时代，真是个饕餮时代。宋奔习诗，约当1978年；渠炜随兄习诗，约当1980年；石光华正式习诗，约当1982年。渠炜年龄虽小，

① 巴里科（Alessandro Baricco）《海上钢琴师》，吴正仪、周帆译，湖南文艺出版社2017年版，第27页。下引《海上钢琴师》，亦见此书。
② 亦即音韵学、文字学和训诂学。

诗龄却长于石光华。迟至大学毕业以后，石光华才逐渐得诗，据说模仿欧阳江河竟至于可以乱真。他与渠炜，开始交换作品。渠炜寄来《白果》，石光华则寄去《黑白光》。渠炜认为石光华早期诗语言梆硬，直到写出《黑白光》，才算是放飞了一只漂亮的风筝。石光华与渠炜频繁通信，趣味相趋，氛围渐浓，没有人意识到，一个美学分舵正在秘密组建。石光华对渠炜极为重视，他甚至逐渐意识到：在诗或诗学上，与宋奔相比，渠炜也许才是更好的对手或俊友。

1984 年 8 月 3 日，石光华随宋奔前往沐川，访问渠炜，盘桓十余日。"我们在沐川，"石光华对渠炜如是说，"诗歌的中心就在沐川。"那时候，渠炜住在红房子。宋父——或可参照《水浒传》先例称为宋太公——时任县商业局财务股长，分得了一栋连排的小楼，有两个小花园，被宋氏昆仲称为红房子。1985 年 4 月 20 日，石光华为其打印诗集《和象》，写了篇《小序》，开篇就曾这样描绘红房子："那里门前有水，屋外有竹，断石乱草，是个极幽静的去处。"[①]渠炜——还有万夏——的不知多少花样文字，都曾在篇末，特别注明脱稿于这个红房子。却说石光华来到红房子，与渠炜甚为相得，他们沐清溪，步河滩，捉螃蟹，钻树林，游山野，望峰而息心。就在这些个天数，他们反复讨论东方文化传统，首次将中国古代文化表述为一个有机系统，"超越

---

① 石光华《和象》，1985 年 4 月或 5 月，第 1 页。此文交代了整体主义的五个"W"：where（何地），who（何人），when（何时），why（何故），what（何为）。本段下引文字，均见此文。此文后来被删去末三段，另名《整体主义缘起》，刊于《巴蜀现代诗群》，1987 年。

性的整体生命原则便是这个系统的基本思想。由此，我们将自己近期的探索趋向（无论是哲学的还是艺术的）定义为一个新的概念——整体主义。"整体主义将自我视为整体生命的一个层次，而且能够暗通其他层次，并由此获得了"人作为整体的自我确定"。与此同时，作为诗人，他们还意识到，整体主义包含着一种深刻的诗歌美学原则，"诗人自身通过自己的创造活动，直接面对整体，在完成对整体生命不同层次的体验之中，完成对自我和现实有限状态的超越，并运用指向性的语言，创造一个自足而自由的诗的世界，使因于封闭的诗人和读者，通过进入这个世界，向存在开放，不断投入新的超越，并以此恢复自我与整体被破坏的联系"。整体主义，作为概念，出自石光华；作为思想，则缘于古老的《周易》①《老子》和《庄子》。此种一元论思想，亦即李耳所谓"圣人抱一为天下式"②。当月 14 日，刘太亨亦来沐川。16 日，石光华离开沐川。刘太亨，1963 年生于四川彭山，1980年考入第三军医大学（在重庆），1985 年分配到西南医院（在重庆），1988 年转业到重庆市沙坪坝区文化局，1990 年被动离职。据说他的父亲，并非文人，却一生雅好《周易》。刘太亨的大嫂的妈妈，乃是宋氏昆仲的姑父的妹妹，刘宋，蜀人所谓竹根亲是也。这是闲话不提；却说整体主义的正式提出，据宋渠回忆，当在 1984 年 8 月 3 日至 16 日。石光华对此或有误记，后来才将"1984

---

① 《周易》虽然被长期列入儒家六经，实则包孕更多的道家思想，从这里亦可再次得到显豁的证明。还可参读陈鼓应《易传与道家思想》，生活·读书·新知三联书店 1996 年版。
② 《老子》章二十二。

年 7 月 15 日"①，确定为整体主义的元年元月元日。

2

从现在掌握的一些文献来看，更早或很早，石光华——乃至渠炜——就反复思考过有关问题。1984 年 4 月 14 日，石光华完成了几段没头没尾的文字，《摘自给友人的一封信》，作为打印诗集《企及磁心》代序——许多年以后，他向笔者承认：这不是一封信，而是一篇文章，只不过采用了信的形式感而已。这篇文章已经提及"整体性本质"②，基于这个前提，进而阐述了一种并非鲜榨的诗学或艺术学："沉积了这种'集体意识'的中国艺术家便不是像西方人那样苦苦地追求、寻觅和呼唤无限与永恒，而是在每一个具体实在中，在一弯月亮、一脉清风、一片春草、一声蝉鸣中，感受和发现了无限和永恒。"所谓一沙一世界，一树一菩提，万物也者，均可遗貌以取神。这个"神"，就是"磁心"，就是"合二而一的极致"。石光华既提到了"物我"的一致性，又提到了"仁礼"的一致性，或可视为，他试图从"整体性本质"的角度取缔道家与儒家的一些分歧。

石光华的这篇文章，被北京大学五四文学社，编入了影响深远的《青年诗人谈诗》。这个内部印刷的小册子，收录了自北岛

---

① 《深圳青年报》总第 185 期，1986 年 10 月 24 日。后引《整体主义者如是说》，亦见此报。
② 石光华《企及磁心》，1984 年，第 4 页。亦见北京大学五四文学社编《青年诗人谈诗》，1985 年，第 168 页。本节及下节所引文字，凡未注明，亦见此书。

以降共计二十九位诗人五十一篇诗论。而在这里，有必要提及杨炼的《传统与我们》[①]。杨炼认为个人并不具有绝对性，"任何个人的创造都无法根本背叛他所属的传统"；传统也不具有封闭性，"诗歌传统的秩序应该在充分具有创新意义的作品有机加入后获得调整"；因而要着力促成个人与传统的互动性，"传统，一个永远的现在时，忽视它就等于忽视我们自己"。此种传统观，可说并无新意。早在 1917 年，艾略特（Thomas Stearns Eliot）就已经三申："不但要理解过去的过去性，而且还要理解过去的现存性"，"诗人，任何艺术的艺术家，谁也不能单独地具有他完全的意义。他的重要性以及我们对他的鉴赏就是鉴赏对他和以往诗人以及艺术家的关系。"[②]笔者很难做出这样的判断：作为诗人，或学者，杨炼的重要性甚于艾略特。但是——杨炼式传统观之于汉语和汉语诗，艾略特式传统观之于英语和英语诗，两相比较，前者当然就显得更加罕见、紧缺、急需和及时。艾略特说得很对，而杨炼，虽无新意却来得正好。此处讨论杨炼，后文讨论整体主义诸家，如果没有上述种种认知，就会犯下十分可笑而可怕的大错。

　　艾略特或杨炼式传统观，亦见于石光华的《摘自给友人的一封信》，海子的《民间主题》，渠炜的《这是一个需要史诗的时代》。比如，石光华会如是说来："带着个人的独创性加入传统，

①　杨炼后来另撰《同心圆》，重阐传统观，其文章标题很接近石光华的《企及磁心》。
②　艾略特（Thomas Stearns Eliot）《传统与个人才能》，卞之琳译，赵毅衡编选《"新批评"文集》，中国社会科学出版社 1988 年版，第 26 页。

加入一代人的创造，是个人实现自身的唯一方式。而诗人是一种加入的最典型的体现，因为诗是人生命存在的最高方式。"《民间主题》，亦即海子长诗《传说》原序。《这是一个需要史诗的时代》，亦即渠炜打印诗集《给一个民族的献诗》代序。两篇文章均被编入《青年诗人谈诗》，在这里，也就不再赘引。那个时候，可以说，海子是杨炼的信徒，石光华和渠炜也是杨炼的信徒。复古派中兴，寻根诗大热，越现代越传统，越传统越现代。石光华对杨炼的不吝赞美，颇有代表性，或可视为其对整体主义先驱的提前追封："他……是中国现代诗自觉深入民族文化心理深层结构，自觉走向人类情感与理性的历史原野，自觉追求崇高与深邃境界的历史性转折。"

3

前述石光华、海子和渠炜的文章，共有一个关键词，这个关键词既是杨炼式传统观的合乎逻辑的落点，也是整体主义的初现端倪的起点。是的，"史诗"。何谓史诗？三者均未定义，那就来看第四者——比如庞德（Ezra Pound）——如何定义："史诗就是包含历史的诗"①。这个定义名扬四海，说了却等于没说；故而在这里，笔者斗胆来重新定义："史诗就是忆及人类童年

---

① 转引自麦钱特（Paul Merchant）《史诗论》，金惠敏、张颖译，北岳文艺出版社1989年版，第1页。陈东飚的译法却显得有些古怪："一部史诗是一首包含有历史的诗"。庞德（Ezra Pound）《阅读ABC》，陈东飚译，译林出版社2014年版，第31页。

的诗"。

关于杨炼的史诗(或史诗性作品),石光华曾有提及《半坡》《诺日朗》和《屈原》。此类作品的风格,乃是中与西的交错,古与今的交错,先秦与美洲(尤其是南美洲)的交错,屈原与聂鲁达(Pablo Neruda)的交错。也许在石光华看来,华彩有余,崇高不足,冲动有余,和静不足,虚无有余,开阔不足,痛苦有余,超越不足。"杨炼的价值是不可否定的,尽管要肯定他比否定他还更困难。"经过这样的嗫嚅和犹豫,石光华得到机会,终于可以推开并区别于杨炼。他只要中,不要西,只要古,不要今,只要先秦,不要美洲,只要屈原,不要聂鲁达,只要崇高、和静、开阔和超越,不要华彩、冲动、虚无和痛苦,转而将史诗置于纯度很高的东方文化传统——或中国古代文化——语境。所谓史诗,当是时间上的逆溯,而非空间上的横陈。"把目光投向先秦以前,深刻而系统地感受、研究、表现民族意识形成时期复杂而炽烈的思想和情绪"。但是时间与空间,谁又分得开?渠炜就曾如是坦陈,"诗的时空交织要处处互相照顾,有怎样的时间过程,或长或短,就要有怎样的空间意象,或大或小"[1]。渠炜与石光华的这种小差异,只是说法的小差异,而非做法的大分歧,后来还将重见于整体主义建构时期。

渠炜的《这是一个需要史诗的时代》,写于 1982 年 10 月 21 日。正是在此前后,渠炜和石光华也都写出了一批史诗(或史诗性作

---

① 《与友人谈诗·时空及其它》,渠炜《给一个民族的献诗》,1983 年,第 16 页。

品）。石光华写出《东方古歌》《黑白光》和《混沌之初》，被收入打印诗集《企及磁心》；诗人另有打印诗集《圆境》，早已散佚，或将失传，笔者却无从得睹。渠炜写出《废墟上的沉思》《东方人》和《大佛》，被收入打印诗集《给一个民族的献诗》；又写出《颂辞（一首关于雪山人神的抒情诗）》和《红与黑的时辰》，被收入打印诗集《诗稿》。《大佛》写于 1983 年 4 月 21 日（史诗的春天），很快，就产生了较大的影响①。"石心里渐渐浮起的笑容是一个更大的笑容 石心里渐渐扩大的卵石是一块更大的卵石"——这样的表述，已然颇有整体主义风味。渠炜所在的沐川，辖于乐山，所写的大佛，却不必等于乐山大佛。"世界在浑沌中醒来时那种最初的庄严和神圣——同时也笼罩着迷惘的氛围——使人仿佛回到了人类的童年，"从成都，宋奔来信说，"《大佛》是一个大的象征。"②此类作品以力士移泰山，以巨鼎烹大象，过于用力，过于着相，似乎只是一种初级形态的整体主义：虽然披挂了其坚甲，未必呼吸了其真气。在正式提出整体主义以后，一个时间段，石光华和渠炜甚至仍然滑行于史诗之轨道。1984 年 10 月 15 日，石光华写出《吃鹰》③，刊于《现代诗内部交流资料》。从 1985 年，到 1986 年，自成都至沐川，渠炜写出散文体的《大曰是》，刊于《汉诗》。《大曰是》文白夹杂，混茫难辨，且看其如何收尾："遂即仰止于一只星的初识：执瑶

---

① 收入老木编选《新诗潮诗集》，北京大学五四文学社，1985 年 1 月；刊于《草原》，1985 年第 5 期；收入《探索诗集》，上海文艺出版社 1986 年版。
② 宋奔致渠炜信，1983 年 8 月 17 日。
③ 乃是《和象》之选章，笔者未见其余各章。

光兮开阳，尽收天枢之璇玑。甘其食。美其服。安其居。乐其俗。无咎。"其意也，如得天机，如适乐土，如获至宝；其体也，始于楚骚，续于乐府，而终于易经爻辞。

史诗（或史诗性作品）的重镇，北则北京，南则西蜀。先说北京，杨炼和江河而外，尚有海子及其密友骆一禾。再说西蜀，渠炜、石光华而外，尚有整体其余各家及彼时若干重要诗人。风气使然，江河难禁。1984 年 7 月，周伦佑写出《带猫头鹰的男人》；同年 9 月，欧阳江河写出《悬棺》，同年 12 月，黎正光写出《卧佛》[①]；1985 年 12 月，翟永明写出《静安庄》；到了 1991 年，钟鸣写出《裸国》[②]。等等。彼时西蜀，史诗与长诗，真可谓满地堆积。

4

从西蜀到北京，隔了无穷的山岳。渠炜与海子，却成了美学意义上的比邻。史诗，大诗，民族之诗，人类之诗，乃至真理之诗——就是他们的共同的抱负。1984 年 2 月，海子主动与渠炜联系。"我是骆一禾的朋友，"从中国政法大学，海子来信说，"愿意向你们学习。"[③]海子留下了地址，向渠炜索要打印诗集《赞歌》。从此他们不断通信，如兄如弟，如切如磋。海子致力于史诗（或史诗性作品），比石光华晚，当然也就比渠炜更晚。当年

---

① 乃是《巨川雄魂》之选章。
② 乃是《树巢》（未完成）之首部。
③ 海子致渠炜信，信件未署日期，邮戳日期为 1984 年 2 月 29 日。

9月，他才写出《河流》；12月，才写出《传说》。正是在此前后，渠炜作品——组诗《红与黑的时辰》——命中了海子，并强化了后者关于史诗或大诗的思考。"诗稿收到。一阅再阅。"海子来信说，"尤其是《木雕》等几首写得很扩展，很有生命力。一种最初的凶狠的自然在周围围拢，一种诞生前后的风声，还有古老、实在、美丽的腥膻。"①《木雕》，就出自组诗《红与黑的时辰》。

海子这封信附有一首诗，《黑森林》，副题为"给渠炜"，写于1984年11月。宋渠认为这首诗的某些元素，借用自《红与黑的时辰》。至于海子所说的"腥膻"，《黑森林》也给出了定义："腥膻是夜里的气味／腥膻是土地的气味"。这个定义当然不是重点；重点在于——这首诗还向成都，向乐山，甚至向沐川，致以来自北方的注目礼："一只遥遥的平原／传出夜里／深刻的铸铜声／那些男子和根／那些大佛／那些钟声和蔬菜／我想，我们是地，我们是黑森林／这是最后一次沉睡。"就其狭义而言，胶柱鼓瑟，不妨如是来讲："平原"就是成都平原，"大佛"就是乐山大佛，"黑森林"就是沐川黑森林。这首诗似乎从未刊出，亦未收入现有海子诗集。《传说》原序《民间主题》，开篇及正文，海子自己，却先后两次引来这首诗的结句。"月亮还需要在夜里积累／月亮还需要在东方积累"②。海子念兹在兹，民间也，西南也，秦腔也，宋氏昆仲也。

---

① 海子致渠炜信，1984年12月8日。
② 海子《民间主题》，《青年诗人谈诗》，前揭，第176页。

1988 年春天（3 月底），海子来到沐川，前后盘桓十余日。他并未投宿红房子，而是住进宋渠的银行宿舍：一个房间，一个厨房，一个带洗澡间的阳台。这个房间的三面墙，画着三幅画，作者分别是宋渠、宋炜和万夏。万夏，1962 年生于重庆，后来移居成都，1980 年考入南充师范学院，1984 年拒绝分配直入江湖。1986 年春夏之交[①]，万夏就来过沐川。就在这个房间，某个通宵，他与渠炜一边喝酒，一边各画各的诗。三个画题，分别来自诗题：宋渠的《生民》，宋炜的《大曰是》，以及万夏刚脱稿的《意图》。1987 年秋冬之交，万夏又来过沐川。"我在沐川寒冷的细雨中与宋氏兄弟夜夜吃酒，太阳好的时候在门前溪沟边的芙蓉树下喝茶。"[②]就在沐川，就在这个银行宿舍，海子再版或增订了万夏的生活：痛饮，剧谈，气功，狂写，每天都熬夜，每晚都兴奋到凌晨三点半。绝大多数时候，海子闭门狂写其《太阳》。得暇，渠炜就陪他去田野晃荡，去河滩晃荡，或去沐川中学见宋奔。"我觉得我们兄弟情义相投。"[③]某日，海子翻出一沓诗稿，向渠炜朗诵了一大段《太阳》。"惟愿《太阳》不要过于猛烈，"渠炜向海子传递了担忧，"烤干了《但是水、水》带给我们的湿意。"渠炜，海子，都是清澈的乡村知识分子；但是，他们又是如此的不同：渠炜如涧水，海子如烈火，渠炜安闲，海子激烈，渠炜悠远，海子仓促，渠炜一直减速，海子一直加速，

① 据宋渠回忆，当为 4 月 1 日。
② 万夏《后记》，万夏《丧》，作家出版社 2001 年版，第 198 页。
③ 海子致渠炜信，1988 年 4 月 23 日。

渠炜减速而为山水间的隐士，海子加速而为臆想中的王子。海子自称已通小周天，可是，渠炜表示怀疑。当时，海子已经出现幻听，他说每晚都听到那三幅画与他对话——还要再过好几年，英国的罗琳（Joanne Rowling），将把类似的奇妙场景反复写入《哈利·波特》。而对海子来说，奇则奇矣，妙却不妙，因为他的生命只剩下了十一个月。

5

石光华有句名言：诗学宋炜，人学万夏。柏桦回忆说，万夏，"整个人的出现就是魔力、风、色彩"[1]。1984 年 11 月，万夏参与组建四川省青年诗人协会。正是在此前后，在成都，宋炜经石光华——或经杨黎——结识了万夏。后来，在成都，宋渠亦结识了万夏。海上钢琴师从未下船，而渠炜尤其是宋炜就要出山。他们叛离老父，揖别清溪，逆溯岷江，泊舟于府河和南河之畔，终从乐山大佛的脚背，来到杜工部的草堂，可谓心意已决而风姿飒爽。"一场大雨刚过，就有人来敲窗子，宋氏两兄弟就站在院子的蔷薇下面，穿着青色的衬衣，脸若一张秋潭静水。"[2] 万夏曾如此忆及他与渠炜的某次见面。却说宋炜结识万夏以后，两者互补，宋炜人学万夏，而成江湖豪客，万夏诗学宋炜，而成整体主义明星。

① 柏桦《左边》，江苏文艺出版社 2009 年版，第 141–142 页。下引柏桦，亦见此书。
② 万夏《苍蝇馆》，柏桦等著《与神语》，中华工商联合出版社 2014 年版，第 112 页。

至于四川省青年诗人协会，万夏本为副秘书长，夺权而为副会长，石光华本为创作部长，转向而为代秘书长。万夏和石光华也许还有宋炜，依托这个协会，创设了两个分支机构：四川省整体主义研究学会，以及与之紧密相关的四川省东方文化研究学会。两个学会恍有千军万马，其实，就是他们几个人在折腾（并非瞎折腾）。后来的事情已经很清楚：1985 年 4 月，《现代诗内部交流资料》问世，主办方为东方文化研究学会和整体主义研究学会，主编为万夏，责任编辑就有宋炜和石光华——宋渠则没有参与相关事务。《现代诗内部交流资料》刊出了石光华的《吃鹰》，渠炜的《静和》，以及万夏的《黥妇》，同时还以较大篇幅刊出了巴蜀及全国若干史诗（或史诗性作品）。种种都毋须详述；在这里，笔者想要着重谈及这个资料刊出的一条简讯：《整体主义与诗人》——"整体主义"由是首次见诸刊物。整体主义或已被误读，这篇简讯则颇欲自辩："整体主义仍然不是一个诗歌艺术流派，它作为一种状态文化的基本思想，即使在引入美学思考以后，也从不企望对诗的本质或构造方式等方面进行抽象的界定"，"我们提出的整体主义，是东方与西方、古代与现代的逆向互补，是一种极为深刻的思想结构模式。"[1] 这篇短讯，并未署名，实则出自石光华。

《现代诗内部交流资料》原名《现代主义同盟》，1985 年 3 月 15 日，曾以后者名义印发《征订通知》。《征订通知》附有《要

---

① 《现代诗内部交流资料》，1985 年 4 月，第 30、23 页。

目》，拟发万夏作品为《红瓦（四首）》。《现代诗内部交流资料》最终只刊出《黥妇》，而不见《红瓦》。《红瓦》乃是莽汉诗，《黥妇》由莽汉而入整体，《枭王》已是整体诗。这里且说《黥妇》，其局部立意暗接《大佛》，全篇遣词造句绝类《大曰是》。"翼之瞬与阴阳之易为石之心；枯林之花与桀纣之泪为石之心；魂魄之毅与道佛之梵为石之心；君心石心。石心我心。"《现代主义同盟》改为《现代诗内部交流资料》，就在易名之际，付印之前，万夏却撤下《红瓦》，换上《黥妇》，就透露出一个值得深究的大消息：作为临时或即兴莽汉诗人的万夏，在那个紧急关头，当机立断听从了其骨子里的整体主义。柏桦认为万夏可以混合"先锋之风"和"怀旧之风"，"先锋之风"当指"莽汉之风"，"怀旧之风"当指"整体之风"。从为诗的角度讲，万夏已用整体取代了莽汉；从为人的角度讲，他却用整体混合了莽汉。"三分之一时间当闲人，三分之一时间当亡命徒，三分之一时间做文化人。"[1]后来的事实证明，万夏不管是做一个诗人，一个小说家，还是一个代课老师，一个掮客，一个咖啡馆老板，一个百货推销员，一个想象中的农人，一个理想主义者，一个囚徒，一个画家，一个摄影师，一个出版家，一个装帧艺术家，一个流浪汉，一个困兽，一个酒徒，一个美食家，一个情种，一个园丁或植物控，他的趣味愈来愈倾向于一个方向："中国古代"，或"古代中国"。甚至可以这样说，他就是孟尝君与荆轲的混合体，高阳

---

[1]《万夏诗辑》，《关东文学》1988年第4期，第31页。

酒徒与陆羽的混合体，青面兽杨志与泼皮牛二的混合体，高濂与李渔的混合体，西门庆与沈复的混合体，无产者与小布尔乔亚的混合体。世俗而任真，冷傲而为善，放浪而唯美，大手大脚而有度。"仅我腐朽的一面／就够你享用一生"——这是万夏的名句，出自《本质》，成稿于1987年。柏桦——作为波德莱尔（Charles Pierre Baudelaire）信徒——曾这样谈到这首诗，"给予芸芸众生一个波德莱尔式的刺激"。万夏的生活态度和生活方式，果然影响了很多诗人，包括来到他跟前的小白脸宋炜。

6

万夏具有很强的行动能力，故而八十年代，故而巴蜀，才会有那么多的开花和结果（尤其是结果）。石光华，宋炜，刘太亨，必须加上万夏，整体主义才会有一份刊物。宋炜命名了这份刊物，万夏促成了这份刊物——《汉诗》。"汉诗"？没错儿，旧得像是经文，新得像是植物，及时得如同及时雨。其与"新诗"，近义词耶，反义词耶？来不及回答这个难以回答的问题；扑面而来，唯有前景：多么及时而又困难重重，汉诗，就要来纠正和搭救所谓新诗。柏桦对此心有戚戚焉，暗地里欢喜无限。《汉诗》主办方为中国状态文学研究机构，不设主编，编辑委员会为万夏、石光华、刘太亨、宋渠、宋炜和张渝。刘太亨可谓整体主义——或者说《汉诗》——新得的一员虎贲，在沐川和成都以外，他和张渝将逐渐辟出一个如火如荼的重庆根据地。

按照最初的乐观主义设想，《汉诗》之卷数及页码数，下期接上期连续编号，若干期汇总而成一部巨著《二十世纪编年史》（这是万夏的主意）。不承想外部干扰太多，时代变化过快，最终，《汉诗》只印了两期：1986 年卷，亦即创刊号，1986 年 12 月[①]印行于重庆；1987—1988 年卷，亦即终刊号，1989 年 1 月[②]印行于成都。先来说创刊号——卷首置有自序，写于 1986 年 5 月，出自石光华，署名编辑委员会。正文页码数为第一页至第一百一十八页，卷数为卷一至卷五：卷一"宜涉大川"；卷二"羽者，生者，溺水者"；卷三"静安庄五子"；卷四"得朋或丧朋"；卷五"中国诗歌研究"。刊有渠炜长诗《大曰是》及文论《作为生命存在的诗歌》，石光华组诗《门前雪》及文论《提要：整体原则》，刘太亨长诗《生物》（节选），张渝长诗《巴土》，万夏组诗《隐梦》，以及海子、L、周伦佑、岛子、翟永明、柏桦、欧阳江河、孙文波、张枣、杨黎、李亚伟[③]、赵野等人诗文。这些作者大都出自巴蜀；海子虽是皖人，张枣虽是湘人，却也先后结缘于巴蜀。再来说终刊号——卷首置有代序《存在的智慧》，写于 1988 年 12 月，出自石光华，署名编辑委员会；正文页码数为第一百二十六页至第二百五十二页，卷数为卷七至卷八：卷七，"作品"；卷八，"诗

---

① "《汉诗》已经取出。"刘太亨致宋渠信，1986 年 12 月 20 日。
② "元月出书。"万夏致渠炜信，1988 年 11 月 24 日。
③ "另外，亚伟那边，正准备铅印《莽汉》，有人赞助 600 元。我已去信，叫亚伟最好不弄，把银子弄到重庆，全力付《汉诗》。也给太亨去信，要给亚伟开至少 5 个以上的页码。"万夏致渠炜信，1986 年 3 月。

歌研究"。刊有渠炜组诗《家语》①《户内的诗歌和迷信》《下南道》（节选）及文论《导书》，石光华短诗选《诗选（1987—1988）》及文论《承担者》，万夏长诗《空气·皮肤和水》，刘太亨短诗选《诗十首》，张渝短诗选《浮世绘》，以及潘家柱、欧阳江河、张枣、李亚伟、杨黎、柏桦、陈东东、陆忆敏、海子、西川、王寅、韩东、肖开愚②等人诗文。终刊号较之创刊号，更为开阔，已然兼顾上海、北京和南京的若干重要诗人及作品。

细心的读者可能早就已经发现：《汉诗》的第一百一十九页至第一百二十五页去哪儿了呢？也许这就是卷六，可是卷六去哪儿了呢？原来，创刊号拟印于彭山未果，拟印于香港亦未果③，最后却印了三次：初印于邛崃，再印于成都，终印于重庆。为何初印于邛崃？邛崃古称临邛，卓文君故里，乃是整体诸家的一个山头。该地出产星星啤酒，三十斤罐装，诸家饮罢不免也曾学了一把司马相如。凤求凰，"而以琴心挑之"。这是闲话不提；却说邛崃版未能顺利出厂，成都版只是邛崃版样刊的复印件，两者都是足本，共有六卷；重庆版才是最终发行版，却整个儿删去了邛崃版卷五，并将卷六顺调为卷五，还压缩了其他卷的篇幅。邛崃版卷五"众妙之门"，编有杨然、席永君、陈瑞生、二毛、李建忠、杜卫平的诗文。其他人倒也作罢，席永君，由此成为一个

---

① 渠炜另有《家语：昨夜洗陶的消息》，写于1986年8月10日。
② 亦即"萧开愚"。
③ "王德川上上海回渝，我们共同商量了一些印《汉诗》的具体问题，他说如果4月10日到香港的货运搞成，他就有办法在香港印出《汉诗》，主要是在外运经费中分出部分，让给外商。如在运输合同中少收五千元，其中二千元归外商，另外三千由外商出面在港帮印《汉诗》。"刘太亨致渠炜信，1986年3月10日。

被穿上隐身衣的整体主义者（后来他自称"临邛羽客"）。席永君，1963年生于四川邛崃，1979年毕业于南宝山劳改农场子弟校，1980年就业于邛崃县地方国营造纸厂，1993年借调入成都华文图书研究所，1994年辞去公职。从1985年9月16日，到10月31日，席永君写出组诗《众妙之门》。"你正在加入中国最深刻的诗人行列，"从成都，石光华来信，他从整体主义角度肯定了这个组诗，又希望作者深化对古代文化的理解，"这个整体状态文化其深微和根本状态是'生生不息'的生命精神，是一种动态的平衡，一种开放的和谐，它表述'万物皆实，万物皆妙'的真谛。……我们从每一个门中，发现了永恒和无限。"[1]石光华的信，席永君的诗，尤其是《众妙之门》第五首——《中秋夜》——的题记，"你在自己之内，又在自己之外"，都很容易让人想到一个镜子寓言。《汉诗》终刊号扉页印有战国天镜图，图下配有古文云："戊辰秋，南方有羽者至。其容高远，其音杳然，云气之静变相应以身。羽者持一阔镜，质金，无光而灼人，其上文图古奥，见者莫能解。羽者云：'天地之根，众妙之门，九转相待，赤子以归。'言迄，弃镜于水，弗堕。羽者身逝镜中，不知其所往矣。后子列子得其镜，名之曰天。"这段古文，乃是伪古文，这个镜子寓言，乃是石光华杜撰的镜子寓言。

从卷一到卷八全部目录来看，《汉诗》，并非严格意义上的同仁刊物。石光华、宋炜和刘太亨，尤其是万夏，促成了《汉诗》

---

[1] 石光华致席永君信，1985年12月16日。

的如下两个开放性: 美学上的开放性, 以及, 地理上的开放性。《汉诗》毫无门户之见, 不但超越了整体, 而且超越了巴山蜀水。"汉字和天气焕然一新, "刘太亨的《这些天》如是写来, "责任的枝丫加重了分量。"可是这份刊物发行受限, 流布未广, 读者难见, 知音甚寡, 至今令人痛惜其如石沉大海。不管怎么样, 正如柏桦所说, 整体主义和《汉诗》孤独地捍卫了中国精神, 就像谷崎润一郎和川端康成——而非三岛由纪夫, 哪怕他写有《金阁寺》——孤独地捍卫了日本精神。此处所谓"精神", 恰是"传统之心"。

《汉诗》并没有给宋炜带来好运, 却让他免遭一场厄运。据说创刊号印出后, 宋炜和万夏踌躇满志, 计划乘舟出川, 仗剑入楚, 由江南而华北, 漫游个一年半载。"《汉诗》一本四两, 十本四斤, 二十本就是四十斤! "宋炜通过计算, 认为行李有些偏重。他的数学成绩, 高考只得了几分, 大约不会好于钱锺书先生。1986年12月19日, 万夏和宋炜顺江而下, 先到涪陵, 寻见诗人L、杨顺礼和雷鸣雏, 再到丁市, 寻见李亚伟, 盘桓两地各数日。这两个酒鬼拟去长沙, 访问海上; 不意买错火车票, 误入贵阳, 却没有找到计划外的诗人唐亚平和编辑何锐。为何要去找海上? 是年10月5日, 后者写出过一篇《东方整体思维空间宣言》, 此前还写过关于《大佛》和《静和》的文章。这且不提; 却说漏船偏遇雨, 破屋却当风, 果然不出意外, 很快就有人偷走了万夏和宋炜的钱。他们衣衫褴褛, 形同乞丐, 变卖了若干本《汉诗》,

及随身带的一本《百年孤独》，才得到一点食物和两张废然返巴的火车票。正是在涪陵，宋炜与 L 翻脸，让他日后躲过了一场图圄之灾。这是后话，不必再提。

7

前文已经触及这样一个问题：《汉诗》的插图，及插图配文，颇有柏桦所谓中国精神（至少是中国元素）。比如终刊号，封二印有洛书河图，扉页印有战国天镜图，封底印有朱雀图；又如创刊号，封底印有太极八卦图（亦即先天易图），图下配有古文云："汉末，伯阳作《周易参同契》，后图意者[1]繁甚，太极八卦图为其一。天地始终，物神流徙，羞气而已，而括之以一图，微而著，约而赅，聚散以序，生克无穷，果《易》之妙通耶。唯蜀之隐者，得其本真，而私之，故旷世不传。至宋室兴，好《易》者盛，方有朱子间闻其踪，则遣季通私入蜀，经年勘访，乃以重金得于山野。此图所以传也。"这段古文，也是伪古文，石光华借此表明：太极八卦图卓越地图解了《周易》，曾长期秘藏蜀地，而蜀地兴起整体主义自然并非偶然。

石光华的长篇雄文，《提要：整体原则》，也非常醒目地始于太极八卦图。他十分动情地认为，此图乃是"一个完美的思想结构"[2]。为什么这么讲？因为此图既对立，又统一，既自足，

---

① 疑当为"图《易》者"，意为"图解《周易》的人"。
② 《提要：整体原则》，《汉诗》1986 年卷，第 89 页。本节下引文字，凡未注明，亦见此文。

又开放，既自洽，又流转，互成又互斥，互斥又互生，互生又互成，任何卦象都指向和生成其他卦象，任何爻象都指向和生成其他爻象，可谓存在、方法论和表述方式的三而一、一而三的整体描述系统。这是一个自明的、二进制的、小大由之的描述系统，"一种描述的典范"，可以说是兼有哲学、数学和物理学的严明。说到物理学，就想到兼为科学家和作家的斯诺（Charles Percy Snow）。他曾在一次演讲中沮丧地提到，"整个西方社会的智力生活已日益分裂为两个极端的集团（groups）"，"一极是文学知识分子，另一极是科学家，特别是最有代表性的物理学家。"[①] 石光华并不反感科学，也许在他看来，太极八卦图既是哲学，也是科学，恰好可以填补两种文化（The Two Cultures）的裂罅。

太极八卦图卓越地图解了《周易》，石光华认为，也就卓越地图解了整体主义——这就再次曲折地将整体主义回溯到《周易》。整体主义，"无极而太极"[②]。在这个基础上，或者说，在这个前提下，石光华对整体主义作出了三个方面——其实也就是一个方面——的语义学表述："其一，它始终在人类意识的尺度上把包括人自身在内的存在，把握为一个有机的整体系统。其二，这种把握只能通过文化的方式来显示，而且，文化自身也构成一种整体性系统，由此取得与存在的一致性。其三，文化系统内部在结构状态、效应原则和转换形式诸方面保持一致性，各层

① 《两种文化和科学革命》，斯诺（Charles Percy Snow）《两种文化》，纪树立译，生活·读书·新知三联书店1994年版，第3—4页。
② 周敦颐《太极图说》。周敦颐自创的太极图，并非太极八卦图，而是对后者的再图解。

理论均可还原为系统的初始构造。"正是基于如上认知，石光华极为信任"人与世界的同构潜能"，他甚至认为"人与世界的全部关系史，就是从表层结构到深层结构、从有限结构到整体结构完成同构的历史"。石光华还曾试图以马克思哲学佐证整体主义思想，但是思考得还不清楚，故而并未建立起一门精密而新颖的比较哲学。

《提要：整体原则》清楚地表明，存在也罢，自然也罢，哲学也罢，文化也罢，艺术也罢，语言也罢，都是整体生命的不同层次，并充满了自证为整体生命的可能性。在这里，笔者乐于重点讨论此文提交的语言观。中国古代哲人和诗人，石光华认为，倾向于对汉语进行"弱化处理"：不重视单词量，而重视语义在单词中的可变性，不重视语言的"指称性"，而重视语言的"指向性"，故而甚为推崇一种"非指称处理"：老子说，"多言数穷"[①]；庄子说，"得意而忘言"[②]；荀粲说，"然则六籍虽存，固圣人之糠秕"[③]；王弼说，"得意在忘象，得象在忘言"[④]；陶渊明说，"此中有真意，欲辨已忘言"[⑤]；严羽说，"故其妙处，透彻玲珑，不可凑泊，如空中之音，相中之色，水中之月，镜中之象，言有尽而意无穷"[⑥]。那么，人类是否应该消除语言，以求得对"有限性"和"非创造性"的终极克服？石光华的回答，看起来，似

---

① 《老子》章五。
② 《庄子·杂篇·外物》。
③ 转引自何劭《荀粲传》。
④ 王弼《周易略例·明象》。
⑤ 陶渊明《饮酒》（其五）。
⑥ 严羽《沧浪诗话·诗辨》。

乎对汉语的弱化传统有所龃龉："人类有限语言系统的自身完善（从约定性这种外在的摄控，到自定性这种内在的生衍），将有可能使语言获得无限生成的整体机制。"还是俗话说得好，三句话不离本行。

《提要：整体原则》曾对一位青年论者的学说，"前文化思维"，提出了较为温和的商榷。笔者无意详述这段公案，而是要指出，这位青年论者就是蓝马。蓝马的《前文化导言》，首发于《非非》创刊号。由此可以推知，石光华此文，不会早于1986年7月，应该写于同年8月。此文共有四章，似乎并未完稿。《汉诗》编辑委员会特别预告：该刊将续发此文第五章和第六章，作者将分析中国文化的"两次断裂"，把对传统的批判引向文化内部的自我超越；正是此种"超越机制"，使得整体主义，显示出对艺术的启悟性作用；作者还从人类文化史的角度，预言中国文化的自我更新，或可引导人类进入以"生命科学"为核心的自觉时代。

石光华并未写出最后两章，却也不是全然爽约，他把这张空头支票兑换成了另外一个文论系列《承担者》。《承担者》包括三篇——而笔者将重点谈及其中两篇——带有札记色彩的短文：《突围和自渎》《背景》和《语言之诗》。先谈《背景》，此文写于1988年10月，主要论及西方诗与东方诗的差异：前者揪心于文化和社会，后者醉心于生命和自然，前者乃是"生命被抛弃被蔑视后的一种痉挛"[1]，后者乃是"秋天中令人欣悦的成熟"，

---

[1] 《背景》，《汉诗》1987—1988年卷，第216页。本段下引文字，亦见此刊。

前者反抗，后者拒绝，前者痛苦，后者超迈，前者拆解着社会，后者隐逸于自然。"水、泥土、四季中的草木、以及火的真身——一种来源于宇宙浩然大气中的纯阳。"再谈《语言之诗》，此文写于 1988 年 11 月，主要论及两个关系，一是语言与存在的悖论形式关系：前者仅以一种形式让后者得以"涌现"，后者的其他若干种形式被前者轻易"遮蔽"，故而，语言"不能把绝对的许诺给予存在"；二是诗与语言的关系：前者可能把后者激化到"危险"的程度，后者也可能"抢先"把前者固定在某种毫无新意的"指涉状态"，故而，诗的过程就是"对语言的不断破坏的过程"。石光华的这种语言观，承芬十西方语言哲学，或已在一定程度上偏离了狭义的整体主义语言观。对西方哲学尤其是对语言哲学，石光华态度暧昧；而对西方诗，他却旗帜鲜明。石光华不但反对西方诗，很显然，还反对西方诗阴影下的新诗（包括八十年代所谓先锋诗）。当代诗何往？石光华以一行诗作答："返回到松树的平静"。"松树"，或任何"植物"，乃是整体诗的一个较小的母题（motif）：石光华而外，尤见于刘太亨。何者是人，何者是树，刘太亨向来恍惚而懵懂。他坦然自称"树的门人"，惊喜发现"古代的树竟长上了我们的前额"，进而认定任何乖妹儿定然是"耳环塞满了小树的气息"[①]。好汉，佳人，嘉木，都应该互换枝叶，化身万千，共赴整体主义的安逸和平静。

[①] 参读刘太亨的《树的门人》《古代的树》和《东谷》。亦可参读宋炜《青春遭遇：树的门人》，《刘太亨诗选》，重庆出版社 1999 年版，第 131–138 页。

8

如果说石光华更多是从哲学角度，那么，渠炜就更多是从美学角度诠释了整体主义。哲学美学，琴瑟合奏。而在整体主义的任何环节，渠炜如果不是早于——至少也不晚于——他们的哥老倌石光华。比如，短文《作为生命存在的诗歌》，就写于1985年底；而长文《导书》，则写于1986底。这两篇文章，试图将整体主义引向美学建构。

先来读《作为生命存在的诗歌》。渠炜认为人类不必——也不能——穷尽整体生命，而应该致力于与整体的联系和生成，诗歌就是这种联系和生成的一种方式，其与哲学和科学面对相同的存在，并以不同的方式觉悟到整体，从而有可能使人类在一定程度上超越自身的有限性和主观性。诗歌，在成篇以前，"以一种延续的生命状态出没于宇宙的器官和穴孔"；在完稿以后，"作为一种生命结构对应于众多别的生命结构"[①]。因而诗歌不是知识，而是智慧；既周遭万物，又呈现本真；只显示状态，不回答问题。"诗歌是一种纯粹的状态文学。"渠炜也有注意到语言之于诗歌的两种情况：其一，突出语言的"原始指向功能"，诗人把语言处理成整体生命的一个层次，并让语言成为整体律动的一种显现。其二，遭遇语言的"自发贬抑效应"，诗意只是语言的

---

① 《作为生命存在的诗歌》，《汉诗》1986年卷，第113页。本段下引文字，凡未注明，亦见此文。

一个达成，并让语言在与对应系统的交际中出现一种退缩。这种情况，古已有之，就是"微言大义"①。渠炜所谓"自发贬抑效应"，亦即石光华所谓"弱化处理"或"非指称处理"。后来渠炜提炼和缩写《作为生命存在的诗歌》，另得《整体主义者如是说》，才算首次清楚地定义了"整体主义诗歌"："整体主义作为一种被称为思想的实在形式，在很大程度上是以哲学建构的面目而存在的。当这个思想置身于诗歌之中，渗透于人类文化最具灵性的部分时，即成为整体主义在诗学域中的还原，生成出一种与之相平行的诗体状态——这种被我们名之为'整体主义诗歌'的诗体状态，有时我们也将它表述为状态的诗歌。"

《整体主义者如是说》的起草，自有其目的，后来此文果然现身于徐敬亚主持的 1986 现代诗群体大展。这个群体大展，实为流派大展。"整体主义并非一种流派，"石光华这样认为，渠炜也这样认为，"而是一种状态。"都是小伙子，谁不爱热闹？渠炜经与刘太亨商量，仍然决定参加这个大展。参加，就参加吧，又临时捎上了杨远宏。整体主义的成员，于是乎，后来就这样正式公布：石光华，杨远宏，刘太亨，张渝，渠炜。这个名单遵乎长幼，而又并非全然如此，否则杨远宏就将前于石光华——这样的排序，整体元老谁也不忍心看到。就是这个杨远宏，可谓分身有术。他跻身于整体主义，又自称莫名其妙派，两不误，同时参

---

① 刘歆《移书让太常博士书》："及夫子殁而微言绝，七十子卒而大义乖。"上句说"微言"，下句说"大义"，两句互文，而有"微言大义"。

加了这个大展。可见这个大展，有多么高的民主性，就有多么强的喜剧性。就在同一张《深圳青年报》，同一个版面，以子之矛，攻子之盾，杨远宏已然自证其非整体主义。这也就再次验证了宋奔与石光华的心心相印："整体主义不会是一种普及性的艺术流派。不是诗人选择它，而是它选择诗人。"①

再来读《导书》。《作为生命存在的诗歌》提到一个词，"原真世界"，这个词将反复重见于《导书》。何谓原真世界？西方文化，中国文化，两者的答案可谓迥异。前者认为原真世界亦即前文化世界，前提是人与世界的分离；后者认为原真世界亦即整体世界，前提是人对世界的重返。人已经逐渐成为自然的"一种反常"②，而艺术则可望"完成其向原真世界的接近和对可能世界的提供"。困境与自由共居于一体，有限性与无限性共居于一体，现存性与可能性共居于一体，现代与古典共居于一体，两者的和谐与冲突将成就一番伟大的事业。"艺术正是这种伟大的事业。"整体主义的奥义或目标恰在于——通过诗与艺术——揭橥人与自然的一致性，并有可能"重获与自然的肌肤相亲"。诗人既不是"原始人"，也不是"文明人"，而是可能的"原真人"。《导书》并未局限于诗学或艺术学，而占用了很大的篇幅，回到《周易》并再次从哲学角度诠释了整体主义。这样，渠炜与石光华，就构成了一种奇妙的回环往复。

---

① 宋奔《＜整体主义诗选＞编后记》，未刊稿，1988 年。这部诗选，未能出版。下引宋奔，亦见此文。
② 《导书》，《汉诗》1987—1988 年卷，第 233 页。本段下引文字，亦见此文。

整体主义的哲学与美学建构，如前所述，并不具有充分的原创性。甚而至于，也不具有轻快的层次感和饱满的完成度。石光华与渠炜的啰唆，彼此的重复，似乎具有文章学意义上的口吃者特征。前文提及的几篇文论，一申而再申，三申而四申，也就缺乏金风穿林般的明快和洗练。《提要：整体原则》，长得像火车，却只是《东方的抽象》之导言。《作为生命存在的诗歌》，只是《意图：1985》之局部；《导书》，长得像火车，也只是《可能的超越——整体主义艺术论》之导言。这两部计划中的大书，《东方的抽象》也罢，《可能的超越》也罢，最终也都没有竣稿。因而整体主义的哲学——或美学——建构，有点儿虎头蛇尾，有头无尾，甚而至于掐头去尾。那又有什么关系？从整体主义的角度来讲：头亦为头尾，尾亦为头尾，无头无尾亦可暗通整体生命。

9

跨越了千山万水，现在，终于接近了整体主义的金顶。是的，诗歌。整体主义诗歌，以《汉诗》创刊号印行为界，大致可以分为两个时期：前期，主要是史诗和长诗；后期，主要是组诗和短诗。前期作品举轻若重，举重若重；后期作品举重若轻，身轻如燕。石光华的短诗《桑》，只有十三行，四两拨千斤，被宋炜认为压过了作者此前所有作品。"细风吹过窗户／叶子深掩路径"。整体主义的主要成就，当然，不是短诗而是组诗。前文曾有提及刘太亨和席永君的若干组诗，在这里，还可举出渠炜——主要是宋炜——的组诗《家语》《户内的诗歌和迷信》和《戊辰秋与柴氏在房山书院度日有旬，得诗十首》，石光华的组诗《梅花三弄》《大师》和《门前雪》，万夏的《关于农事的五首诗》和《空气、皮肤和水——写给潘氏生辰的二十六首诗》。这是个素绫竹简般的组诗矩阵，柔滑到让人无感，遥远到令人无知，谦逊到使人不察，以至于长期被所谓诗界和学术界视为无物。"有众多的理由可以确认，"而宋奔却早已心中有数，"诗人们将在各自作品中程度不同地提供新的世界图景。"

如果笔者在这里着重谈及《家语》，并非个人偏爱使然，而是整体诸家共识所致。这个组诗共有十首，写于 1987 年 4 月 23 日至 27 日。其标题，可能截自古书《孔子家语》。如果说《孔子家语》——作为《论语》之补充——追忆了儒家日常生活，那么，《家语》——作为《黄庭经》之应用——则假想了道家日常生活。《家语》第八首，《书卷》，透露过极为关键的消息，"我内心一壶止水 / 对这些毫不在意 / 只是收敛烛火，放松丝弦 / 目注《黄庭》或《水浒》"。诗人所谓《黄庭》，就是《黄庭经》；《水浒》，就是《水浒传》。从某种程度上来讲，《家语》的张力就来自于户内与户外的对话，亦即《黄庭经》与《水浒传》的对话。户内生活，诗人如是历数："默坐火边""苦心煎熬一服中药""细饮黄酒""以布缠头""写字""焚香薰衣""枯坐""抚琴以助""不出一言""吹气如蒸""诵读""惜命如金""深居简出"或"入衾安睡",如此等等。户外生活,诗人也曾叙及:"手里捧着一只司南""大队的人马""铁器相碰""马车""同走天涯""以秤分金""迁居""纳头相拜""落草""酒宴""击掌""各个州府""客商"或"衣衫漂白",如此等等。前者,亦即《黄庭经》式生活;后者,亦即《水浒传》式生活。前者看似无为,实则有为;后者看似有为,实则无为。两者都是江湖生活,而不是庙堂生活,故而有对话却没有争吵。后者反复邀请——或者说劝诱——前者,反而让前者更加坚执地皈于"平淡""冰清玉洁""安宁""一派清明""心平气和""清贫""万境通明""从容无虑""无遮""头脑清明"或"喜悦"。那个小号手,怎么羡谈海上钢琴师呢?"当他早已平静的时候,而你,你却在摇晃。"《黄庭经》式生活,亦即性命攸关的修真生活:"即使天地对转 / 我也会念念不忘 / 我在这个早晨看见的内景"。所谓"内景",亦见于《导书》。其与"外景",却并非诗人独创。这对术语,早见于《黄庭经》。《黄庭经》共计三种,先有《内景经》,复有《外景经》,后有《中景经》,被奉为"学仙之玉律,修道之金科"。梁丘子认为,"黄者,中央之色;庭者,四方之中也。外指事,即天中、人中、地中;内指事,即脑中、心中、脾中,故曰黄庭。内者,心也;景者,象也。外象喻即日月星辰云霓之象也,内象喻即血肉筋骨肺腑之象也。心居身内,存观一体之象也,故内景也。"[①] 如果用整体主义来解释,内景与

① 梁丘子《黄庭内景玉经注序》。

外景具有同构性。《家语》贯穿始终的一根游丝，无非就是借由内景——契合外景——并渴望能够臻于整体状态。故而《黄庭经》式生活，细想来，并不能完全理解为"隐于野"的避世，"心远地自偏"的弃世，或"穷则独善其身"的傲世，而是丘处机所谓"心开天籁不吹箫"的游心与游神。

《家语》所呈现的《黄庭经》式生活，见于更早的《黄庭内照》，共有五首，写于 1987 年 3 月 21 日；亦见于更晚的《户内的诗歌和迷信》和《戊辰秋与柴氏在房山书院度日有旬，得诗十首》，各有十首，分别写于 1988 年 8 月 3 日至 22 日及同年 9 月 15 日至 24 日。《黄庭内照》气息虽不乱，文字却偏弱，断然不及后三个组诗。这四个组诗所呈现的《黄庭经》式生活，可见于魏晋，可见于南北朝，可见于晚唐或晚明，独不可见于新语①横行的当代语境。对于诗人而言，对于当代人而言，这种生活定然只是一种虚构生活，具有很强的夸张性和违和感。诗人通过这样的虚构或伪造，将个人——以至当代人——强行置于古代语境，意图以此缓解我与我、我与人、人与人、人与天的紧张感。而时代不断加速，此种意图，愈来愈成为不可能。故而诗人独持孤念，"挂出门灯"，未敢指望谁能前来登堂入室。此种整体主义，只能称为空想整体主义（亦即乌托邦整体主义）。

作者之意图与作品之文字，可以说是互为表里。有什么样的意图，就有什么样的文字。反之亦然。渠炜前期作品，比如《大

---

① 这个词借自奥威尔（George Orwell）的《1984》。

曰是》，起用过先秦散文般的文言；而后期作品，比如《家语》，起用了明清小说般的白话。"午时正牌我入衾安睡，绸缎加身／帐内挂满了香袋和梳子"。白话亦即《上洞八仙传》或《老残游记》之所用，乃是处女般的汉语，元气流转而真力弥漫，等于而不是大于或小于其所对应的"存在"。后来，白话经过一些外来语种新语的"污染"，就成了具有舶来特征的现代汉语（高度逻辑化和工具化）。必须救回本真的汉语——此种语言学自觉，见于渠炜的诗，更见于万夏的小说（下文将详论万夏的小说，此处，提前谈及其语言）。来看《宿疾》如何写景："西厢房终于被积雪压塌了，断墙边的梅花狂乱得愈加不可收拾。"如何写人："换了件青色的夹心袄，罩一件红衣裳，灯笼袖子，腰上扎一条果红的滚边带子。"万夏的语言，很早，就引起了孙甘露的注意。"汉语的美丽和辽阔扑面而来，"在谈到《丧》的时候，后者曾如是说来，"透露着植物被风干烘焙之后的那种阴柔的苦香。"[1]有了这等笔墨功夫，可算半个高鹗，不妨径去补写破体《石头记》。

从文字笔墨——以及意图——均可看出，整体诸家从来没有背弃过他们的立场或理想："当一个人被视为或自视为诗人时，他仅仅与正在生成运作中的诗歌传统相维系"[2]。如果从这个角度来衡估《家语》，笔者乐于如是小结：这个组诗在同类作品中居于至高，最保守而又最先锋，最寂寞而又最深刻，根脉纯正，气韵绵厚，格调清爽，襟怀冲虚，主旨遥深，金风吹玉树，明月

---

① 孙甘露《万夏的〈丧〉》，《文汇报》，1989 年 7 月 11 日。
② 万夏、萧萧主编《后朦胧诗全集》下卷，四川教育出版社 1993 年版，第 201 页。

照积雪，乃是"反者道之动"①亦即逆向生成的当代诗经典，虽然所谓诗界和学术界——甚至包括两位作者——长期有意无意地遏制了其在"接受"（reception）意义上的经典化进程。

10

组诗《戊辰秋与柴氏在房山书院度日有旬，得诗十首》，其标题，具有一种古意盎然的叙事性：一方面交代了诗的"相关之事"，一方面暴露了诗的"出位之思"。钱锺书和叶维廉都曾谈及这个术语——"出位之思"——不是指不在其位，而是指身在其位的越位，比如诗而含有小说的企图，或者说诗而含有非自传特征。前述组诗中的人物或地址，"柴氏"和"房山书院"，就是彻头彻尾的虚构。然而，诗人对此并不满足，他们又将诗之虚构引向了小说之虚构。诗人——可能的小说家——在沐川红房子下跳棋，从眼前的真实的"旗山岭"，跳向了纸上或心里虚构的"旗山果园""大楠木山庄""东山坂""下南道""十字广场"……以至街衢纵横的"王城"。我们的诗人小说家——渠炜——已经初步写出三个中篇小说：总题为《地方》，包括《禁书与禁果，或房山书院与旗山果园》《大楠木山庄地区的大悲大喜》和《下南道，一个民间皇帝的自我讨伐史》（已散佚）。谁知道呢，这三个中篇小说，或都从属于一个长篇小说？这个长篇小说关乎广

① 《老子》章四十。

场、药街、瘟疫、若干智者和一个傻子，却又只是对一部先秦古籍的笺注、校疏和考证而已。这部先秦古籍——实为伪书——就是《王》，而这个长篇小说就是《王城》（未完成）。海上钢琴师也是如此这般，"在他愿意的时候，他可以弹爵士乐，在他不愿意的时候，他可以弹出一种好像十支爵士乐混在一起的东西。"

"柴氏"和"房山书院"，其实呢，最早见于《户内的诗歌和迷信》，而非《戊辰秋与柴氏在房山书院度日有旬，得诗十首》。这两个组诗，建立了非常肯定的互文性（intertextuality）。这两个组诗——及其他组诗，比如《下南道：一次闲居的诗纪》——又与中篇小说《地方》和长篇小说《王城》，建立了更为复杂的互文性。此类互文性，存于一个作者——也就是渠炜——的内部。事情就是这样奇妙：渠炜，乃是两个作者，亦即宋渠和宋炜。这还不是笔者想要说的全部，事实上，在两个、三个乃至多个作者之间，诗与诗，诗与小说，小说与小说，存有单向的、双向的或多向的影响通道（交叉通道）。比如《户内的诗歌和迷信》的某个局部，"而山中那许多河流与杯子／全都不求满盈"，就可以溯源到万夏的《关于农事的五首诗》，"完整的宋氏在一座山里生养／那里水土贫穷，河与杯子都不求满盈"。而万夏大致完成的中篇小说，比如《丧》和《宿疾》，也可以溯源到渠炜并未完成的长篇小说，比如《王城》。万夏的《丧》，写于1987年10月；《宿疾》，写于1988年3月。据宋奔和宋渠回忆，这两篇小说，大体上都写于沐川。渠炜画出了"草图"，却在沐川，被万夏加工为"成品"。这个"成品"较于"草图",可能走了样,也可能翻了新。而万夏的《宿疾》,又是对《丧》的续写或重写——就如同《来自中国北方的情人》,只是对《情人》的续写或重写。杜拉斯(Marguerite Duras)这种手艺,万夏无师自通用得上好。《丧》和《宿疾》,由很多断片构成,像札记,像速写,像抒情散文,像叙事诗,渠炜说是"话本"①,作者自称"中篇小说"。故而,这两个中篇小说,也就自相矛盾地包含各种"出位之思"。比如,万夏既写有中篇小说《丧》,又写有组诗《丧》,既写有小说残章《农事》,又写有组诗《关于农事的五首诗》,小说与诗堪称珠联而璧合。从前述讨论可以看出,整体诸家,或已呈现出几乎没有边际的互文性奇观。

此种几乎没有边际的互文性奇观,甚至还体现为,整体诸家的诗文拱卫着共同的轴心。最显赫的轴心,最大的母题,就是"身体"或"疾病"——而不是社会、现实、政治、宗教或历史。他们醉心于相互沾溉,反复讨论并反复书写这个母题:从文论,到诗歌,再到小说。以渠炜为例,从《大曰是》,到《导书》,到《家语》,再到《王城》,无不关注身体与疾病。"入冬后家人们在内堂生病 / 细饮黄酒,药力深长、细致"。这且按下不表,因为,本节的重心还是在小说。宋炜曾给笔者看过一个小说残片,写到三个人物:"我","父亲",以及"先生"。"我"已身患沉疴,正按"先生"所授,汤沐后进入密室打坐,孰料一股气

---

① 渠炜《〈丧〉:一部形而上话本的实境构造》,未刊稿,1988 年春。下段引渠炜,亦见此文。

自脐下气海穴翻涌，其后盘桓于两乳间膻中穴，最后直刺心房，上了太阳，抢进百会，终不免甩头昏将过去。类似的人物关系和情节设计，亦见于万夏的《丧》，或《宿疾》："我的地机已丧于腹哀，商丘高过箕门，府舍零落"，"我只得放弃这些破屋，退居堂屋，守住空空的中庭"，"景色在极端的尖锐中纷纷涌进百会，在身体内部变成寂静不动的狂风，杯子里的酒在炉火中越来越冷"。万夏还为这个小说配了一帧《内景图》，其实就是一帧人体穴位肺腑图。他还特别注明，小说中的"山顶"对应"百会穴"，"南山"对应"心"和"中堂"，"庭院"对应"脾胃"，"东山"和"东耳房"对应"肝"，"西山"和"西厢房"对应"肺"，"北山"对应"肾"，"后院水井"对应"三阴交"，"后山温泉"对应"涌泉穴"。由此可以推知，小说中的"秋"和"犁""斧头""刻刀"对应"肺金"，"春"和"芭蕉"对应"肝木"，"冬"和"温泉""井"对应"肾水"，"夏"和"旱情"对应"心火"，"长夏"和"砖坯子""窑子"对应"脾土"。作者写到的任何外景，都紧扣内景，"使我们置于其中时犹如置于我们自己的身体内部"[1]。故而，万夏这两个小说，堪称关于道家养生术的抽象小说，亦堪称关于整体主义或整体生命的寓言小说。如果说《水浒传》是性之小说，《石头记》是情之小说，《丧》和《宿疾》就是命之小说。《丧》——当然也包括《宿疾》——乃是这样两枚或一枚"正果"：被渠炜视为"对《易》

---

[1] 石光华《重合的境界——万夏小说＜丧＞的意识和语言分析》，未刊稿，1988年1月。本段下引石光华，亦见此文。

学文化精神的一次亲近",而被石光华视为"是中国整体文化灵性在现代小说中的一次实现"。

整体诸家对身体或疾病并无厌恶之意,相反,还持有一种鉴赏甚或感激之情。这种态度显得并不冒昧,也不奇怪,反而理直气壮。也许在整体主义看来,疾病意味着内景的紊乱,意味着内景与外景的决裂;对疾病的观察和治疗,也就意味着对整体生命的窥视。任何疾病,都是提醒。任何病中生活,都是彻悟生活。《家语》第二首,《病中》,就描述过此种宜于珍视的病中生活:"让人围住烤火的炉灶 / 又可以搓手取暖 / 无一多事可做"。宋奔很早就很重视这个问题,他曾多次这样立论:"疾病具有健康的倾向。"① 呔,这句话为何这般眼熟? 对了,渠炜的《导书》也正是这样收尾:"只要三寸气在,疾病就具有健康的倾向。"

没有偶然,只有必然,一切都可以寻见千里伏线:自《周易》以降,道家思想逐渐分为两个支派,亦即哲学与医学,哲学则《老子》《庄子》《列子》和《淮南子》,医学(包括养生术)则《黄帝内经》《周易参同契》《黄庭经》《素女经》和《抱朴子》。两个支派,并非截然,就是说,哲学中有医学,医学中有哲学。究总体趋势而言,哲学日衰而医学日盛,道家养生书可谓汗牛充栋。整体主义思想,其初衷,则欲兼顾两者。比如石光华好读《周易》,万夏好读《黄帝内经》,渠炜好读《黄庭经》及《云笈七

---

① 见宋奔《<整体主义诗选>编后记》,前揭;亦见宋奔关于《家语》的导读文章,无题,未刊稿,1988年8月27日。

签），席永君兼读同乡名医郑钦安的《医法圆通》，刘太亨原来就是医生，宋炜天生就是占卜家，石光华后来才当美食家（食物即药物也），历历如在目前，而每每自有定数。或许，诸如此类，都算得是这些整体诗人——或小说家——的"出位之思"？

11

《汉诗》第三期，也曾基本编成。据说，将由潘家柱出资，拟于1989年与1990年之交印行于成都或重庆。孰料风云突变，诗人零落，最后只好作罢。故而，整体主义，算是与二十世纪八十年代同时画上了句号。渠炜后来还试图将一个沐川的地方性刊物，《涉川》，出一期诗歌专号，"弄成变相的小《汉诗》"[①]——这个只是"原真人"想出来的"天真事"，最后必然并非无因地归于无果。

整体诸家很快做出了决定，可以不发表，不出版，却不可以不写作。"海子和骆一禾是诗和人共失其血，"从沐川，宋炜来信说，"最后还不是只有在诗中死求高贵之物。"[②]但是渠炜——及整体诸家——却写得越来越少。渠炜所谓"自发贬抑效应"，石光华所谓"弱化处理"，或许并不是主要的原因。陶渊明所谓"力气渐衰损，转觉日不如"，或许也不是主要的原因。渠炜迄

[①] 宋炜致席永君信，1992年1月13日。下引宋炜，凡未注明，亦见此信。
[②] 宋炜致席永君信，1989年12月23日。

今拒绝发表作品，拒绝出版诗集，他们与整体诸家留下了一大堆计划、提纲、断片、局部、草稿、半成品或初稿。这些文字，正在加速漫漶，眼看就要散佚于如此颓然的汉语世界。对这种结局或宿命，渠炜——通过《作为生命存在的诗歌》——早就有过预言："诗歌经历着寻找确定性的过程，经历平衡的过程与超越有限状态的过程。这些过程的达到其实只是相对的、近似的或暂时的——也就是说，永远都是未完成的。"

海上钢琴师从未下船，宋炜却已出山。他逐渐离开了宋渠，单飞天涯，从沐川，到成都，去重庆，远赴北京而又复回重庆，逐渐从《黄庭经》式生活转向《水浒传》式生活：喝酒喝成了怪物，说脏话说成了胖哥，泡妞泡成了职业单身汉，写诗写成了所谓诗界以外的传说（不怒而威的传说），却始终保有一种一望即知的率真和磊落。"使我有身后名，不如即时一杯酒。"[1] 据说某次在北京，宋炜已喝高，与别人发生了口角。这个抱朴的汉家子弟，写诗的天才，混世的赤子，定然只是一个打架的笨猪。他很快就被别人踩在鞋底，这时候，宋渠打来了电话。宋渠问："你在哪里哟？"宋炜答："我在别人鞋底呢。"宋炜的各种遭遇，他的快乐，他的一败涂地，反证了海上钢琴师的忧心："现在你想：一架钢琴。琴键是始，琴键是终。八十八个琴键，明明白白。琴键并非没有边际，而你，是无限的，琴键之上，音乐是无限的"，"然而，当我登上舷梯，眼前就展开了一个有上千万琴键的键盘"，

---

[1] 张季鹰语。刘义庆《世说新语·任诞第二十三》。

"在那没有边际的键盘上。在那键盘上，没有你能弹奏的音乐，你坐错了位置，那是上帝弹奏的钢琴"，"我出生在这艘船上，在这里，世界流动，每次两千人。这里也有欲望，但欲望无法超越从船头到船尾的空间"，"大地是一艘太大的船。是一段太漫长的旅途。是一个太漂亮的女人。是一种太强烈的香水。是一种我无法弹奏的音乐。请原谅我。我不会下船。就让我回去吧。拜托了。"海上钢琴师藏身于已然报废的弗吉尼亚号，最后两者同时毁于六公担半炸药；而宋炜还剩下"半条大好性命"，剩下"两只右手"，他通过抽屉式的自慰式的写作不断梦回山中。来读宋炜的《登高》（其二）："在山上，我猎取的不是树木 / 或林间兽。/ 我只砍伐黄金、白银与青铜。/ 我在巅顶目击的 / 也不是太阳从云间的喷涌，/ 而是太阳系在头顶的徐徐升起。"山中——沐川——那里啊，确实，只有八十八个琴键，却有悄悄靠近整体的音乐或诗。

2020 年 8 月 19 日

半穿袈裟指南

——读陈先发短诗《再击壤歌》

1

　　要谈诗人陈先发的匠心之作《再击壤歌》，当然，就要先谈某个上古初民的即兴之作《击壤歌》。《击壤歌》的作者，以及时代，都已经渺不可考。"前不见古人，后不见来者。"诗心横跨的斜拉桥，永远看不到桥头堡。同样的道理，还当有更加晚来的"陈先发"。想想，就觉得很有意思。就觉得，好多东西都新得可疑。却说《击壤歌》，首见于《论衡》。鉴于此处及下文多处需要，必须引来这段古老的文字："尧时，五十之民击壤于涂。观者曰：'大哉，尧之德也！'击壤者曰：'吾日出而作，日入而息，凿井而饮，耕田而食，尧何等力？'"①《论衡》作者王充，

---

① 王充《论衡·感虚第十九》。下引王充，亦见此书。

出身于"细族孤门"，生活于公元一世纪。到了公元五世纪，范晔著《后汉书》，对王充下了一个评语："好博览而不守章句。"①这个评语很奇怪，似乎在说，王充既是学问家，又是自以为是派。尧之于王充，恰如王充之于我。我今目击王充之旧籍，恰如王充当年耳闻尧之逸史。可信度，也许会两次打折。如果王充的记载属实，那么《击壤歌》就应该是汉诗的"元典"。"元"者，"始"也。"原始"，如今已是一个双音节词。杰出的古典诗学者，朱自清先生，似乎就采信了王充。他当年编纂《古逸歌谣集说》，置于卷首的一篇作品正是《击壤歌》。

《论衡》算得上是一部哲学散文，与诗无涉，后来才有人从中摘引出——并修订为——传世单行本《击壤歌》："日出而作，日入而息，凿井而饮，耕田而食，帝力于我何有哉？"从哲学散文，到诗，变化并不大。然而，却是高手所为。为何这么讲？哲学散文在"吾"后连用五个四字句，已然板滞，几乎让人难以忍受。诗将"尧何等力"，改为"帝力于我何有哉"，一则语气更加有力，再则句式更加多姿。这个细小而微的文字调整，甚至预言了汉诗的大趋势：从四言，到七言。你说奇妙不奇妙，重要不重要？这是闲话休提。

对于陈先发来说，《击壤歌》既是汉诗的"元典"，也是《再击壤歌》的"原典"。"原"者，"本"也。"原本"，如今亦是一个双音节词。那么可否这样讲，《再击壤歌》，本于《击壤

---

① 范晔《后汉书·王充传》。

歌》？这个问题却不能轻率作答。即便《击壤歌》关乎劳动（稼穑之劳动），《再击壤歌》亦关乎劳动（诗之劳动），也不能强行将前者看作是后者的绝对上游。况且，着眼点如果只是劳动，是不是太皮表了呢？至于王充，在这个问题上，那就显得更加皮表——他在《论衡》里引来《击壤歌》，不过是为了证明"尧时已有井矣"。

2

《击壤歌》被视为劳动之歌，或田野之歌，其实却是游戏之歌。"壤"，并非土泥，而是一种古代玩具；"击壤"，并非劳动于田野，而是一种古代游戏。却说有个浪子回头的周处，生活于公元三世纪，著有《吴书》，又著有《风土记》。这部《风土记》，已佚，幸而被其他古籍征引而保留下这样一个片段："壤者，以木为之，前广后锐，长尺三寸，其形如履。先侧一壤于地，遥于三四十步，以手中壤击之，中者为上。"[1]可见击壤游戏共有两个壤，手中壤，地上壤，前壤击中后壤，就算是取得了胜利。手中壤与地上壤，既有排斥力，又有吸引力，既是一对充满敌意的矛盾，又是一对充满爱意的雌雄。

而陈先发的《再击壤歌》，已将这个击壤游戏，看似巧合般地落实为诗学隐喻。这首新诗当然是一首"元诗"（Metapoem

---

[1] 转引自王应麟《困学纪闻》卷二十。

或 Metapoetry），更狭义地说，是一首"论诗诗"（The Poem on Poetry）。诗人抛出了写作的二元论，却又企图皈依于更加高妙的一元论。何谓写作的二元论？一元是"我渴望在严酷纪律的笼罩下写作"（全诗第一行），一元是"也可能恰恰相反，一切走向散漫"（全诗第二行）。对于任何诗人的青年时代来说，对于多数诗人的一生来说，这都是一对矛盾；而对于杰出诗人的中晚年来说，反而是一对雌雄。何谓写作的一元论？"在严酷纪律和随心所欲之间又何尝／存在一片我足以寄身的缓冲地带"（全诗最后两行）。"严酷纪律"，进阶也；"散漫"，化境也。两者有可能反复交手，反复擦肩，反复红脸，此消而彼长，也有可能前者最终重叠于而不是绕开了后者。矛盾冰释，雌雄齿合。"月亮，请映照我垂注在空中的身子／如同映照那个从零飞向一的鸟儿"——这首诗只有此处所引之两行，好比半首绝句，却偏要无愧地叫作《绝句》。这是闲话休提。

笔者早就注意到，前述想法，于陈先发可谓由来已久。诗人讲过一个数学坏故事，或者说，一个诗学好故事：他诱导五岁的儿子，做算术题，得出了丰富的错误答案，故意违背了老师的努力和教育的要义。为何这么做？在孤独的黑池坝，诗人如是说："但我要令他明白，规则缘于假设，你要充分享受不规则的可能性，要充分享受不规则的眩晕与昏暗，要充分享受不规则的锯齿状幸福感，才不致辜负大自然在一具肉体成长时所赠予的深深美

172

意。"①笔者对这个问题的看法，也许稍异于诗人——对于算术题而言，答案越多，机会和幸福感越少；对于诗学而言，答案越多，机会和幸福感越多。诗人故意混淆两者之差异，不过是明里牺牲数学而暗里成全诗学。"规则"，"严酷纪律"也；"不规则"，"散漫"也。这是两座看似对峙的昆仑，而诗人并非如他恰才所说，总是罔顾"规则昆仑"（亦即"严酷纪律昆仑"），而只想登上"不规则昆仑"（亦即"散漫昆仑"）。让我们来看看，他是多么地矛盾重重——有时候，他会钟情于"两岸的严厉限制"，以其"能赋河水以自由之美与哺育之德"；有时候，他会迁怒于"逻辑所要求的某种严谨"，以其"毁掉了我们最美的旋律、呓语和棺椁"；有时候，他欲罢不能地想要化身为一条鱼，这条鱼乃是击壤游戏的高手，以其深知"二分法之谬"，故而能够"同时寄身于钢铁之疲劳与河水之清冽"。有正，有反，有合，诗人恰在捶打诗学的绕指柔。这且不提；却说这条鱼如果洄游，不出意料，最终将会重返巨河之源（亦即人类文明之源）——佛家所谓"不二法门"②，道家所谓"抱一为天下式"③，抑或儒家所谓"从心所欲不逾矩"④。

---

① 陈先发《黑池坝笔记》，安徽教育出版社 2014 年版，第 6 页。下引文字，凡未注明，均见此书。
② 鸠摩罗什译《维摩诘所说经·入不二法门品第九》。下引此经，不再注明。
③《老子》章二十二。
④《论语·为政篇》。

3

从数学到诗学的跨栏，其"风险"，可能远逊于从诗学到佛学的通犀。《维摩诘所说经》怎么讲？"若有缚，则有解；若本无缚，其谁求解？无缚无解，则无乐厌，是为入不二法门。"那么，佛学如何引导心猿？——其下境为"有缚"，其中境为"有解"，其上境为"无缚无解"。举一反三，以此类推，不二法门还意味着无受无不受，无垢无净，无相无无相，无善无不善，无罪无福，无世间无出世间，无生无死，无尽无不尽，无我无无我，无色无空，无身无身灭，无取无舍，无暗无明，无实无不实，最终归于无言无说。那么，诗学如何引导心猿？——其下境为"诗"，其中境为"非诗"，其上境为"无诗无非诗"。如汝所见——"风险"逐步升级，佛学最终孵化出一种远在天外的乌托邦诗学，或一种近在眼前的虚无主义诗学。如果诗学盲从了佛学，诗与诗人，最终难免自割头颅。

笔者很早就意识到，学佛不可学诗。但是呢，学诗不妨学佛。怎么学佛？只到中境，勿入上境。诗人的特种行囊过于沉重，装满了词和妄念，那就正好在中境送别燕子般的和尚。且容诗人漫步于"有缚"与"有解"，而让和尚纵身于"无缚无解"（尽管这于他们也甚是艰难）。"有缚"，"规则"与"严酷纪律"也；"有解"，"不规则"与"散漫"也。诗人与诗不必——不可——

也不能臻于"无缚无解"的佳境，究其实，正是为了小心翼翼地避开"无诗无非诗"的困境。

这里，且以民国的一次著名唱和为例——周作人《所谓五十自寿打油诗》云，"前世出家今在家，不将袍子换袈裟"，以其"有分别心"，故而"有缚"；蔡元培《和知堂老人五十自寿》，"何分袍子与袈裟，天下原来是一家"，以其"无分别心"，故而"有解"；然则两者都是诗人说话，而非和尚说话；临到和尚说话，既无"袍子"，亦无"袈裟"，甚或也就"无言无说"。"有分别心"，"无分别心"，或许对应了陈先发所谓"从一到二的写作"与"从零到一的写作"——这对有趣的写作学术语，出自组诗《居巢九章》中的《零》。《再击壤歌》当是两种写作的一个结晶，既是"周作人"说话，又是"蔡元培"说话，既是"有缚之诗"，又是"有解之诗"，却绝非"无缚无解之诗"。此乃和尚之残局，却是诗人之胜局，且容笔者后文从容讲来。

4

现在我们已经得到一个罕遘之机遇，来鉴赏这样一种诗之状态（或思之状态）——"有缚"是个车站，"有解"也是个车站，"袍子"与"袈裟"亦当如是观，"有分别心"与"无分别心"亦当如是观，乃至"精确度"与"即兴性"亦当如是观，诗人在前者与后者之间反复往返，从而源源不断地为诗提供了发生学意义上的核动力。此乃诗人之使命，亦是诗人之宿命。倘若往而不返，诗人或将真个做了和尚。陈先发抢购了一大把往返票，因而这首《再击壤歌》，无论是从"语义"的角度来看，还是从"诗形"的角度来看，都呈现为剪刀般的两刃相割式结构，或麻花辫般的缠绕状结构。

首先，从"语义"的角度来看——第一行，"我渴望在严酷纪律的笼罩下写作"，初说"有缚"；第二行，"也可能恰恰相反，一切走向散漫"，初说"有解"；第三至第六行，"鸟儿从不知道自己几岁了／在枯草丛中散步啊散步／掉下羽毛，又／找寻着羽毛"，随手取譬，细说"有解"；第七行，"'活在这脚印之中，不在脚印之外'"，以画外音方式，再说"有缚"；第八至第九行，"中秋光线的旋律弥开／它可以一直是空心的"，随手取譬，巧用通感，细说"有解"；第十行，"'活在这缄默之中，不在缄默之上'"，以画外音方式，再说"有解"；第十一至第十二行，"朝霞晚霞，一字之别／虚空碧空，裸眼可见"，随手取譬，借"朝霞"异于"晚霞"，"虚空"异于"碧空"，初说"有分别心"；第十三至第十四行，"随之起舞吧，哪里有什么顿悟渐悟／没有一件东西能将自己真正藏起来"，忽视两种方法论——"顿悟"与"渐悟"——的不同，突然将"有分别心"变频为"无分别心"；第十五至第十六行，"赤膊赤脚，水阔风凉／枫叶蕉叶，触目即逝"，随手取譬，借"赤膊"无异于"赤脚"，"枫叶"无异于"蕉叶"，再说"无分别心"，"触目即逝"亦即诗人所谓"完整地消失是我们在现象上最终的胜利";第十七至第十八行,"在严酷纪律和随心所欲之间又何尝／存在一片我足以寄身的缓冲地带?",最终归结于"有缚有解"。全诗起句(前两行)的"严酷纪律"复见于结句(末二行),这是长蛇衔尾的一般句法;起句的"散漫"在结句中换成"随心所欲",则是长蛇衔尾的花式句法。花式,花得特别好,否则就会平添至少两吨重的板滞。从上文的分析可以看出,全诗总十八行,由肯定而否定,由否定而否定之否定,构建了令人目眩而又如此理所当然的"自反"(self-negative)风景。诗人独以个我之生命,接通世界之生命,就渐次进入了大自如的境界。这个风景,堪称绝景。

上述观点还将易如反掌地引出另外的观点,比如,这首诗交替展开了两套同义词系统。而这两套同义词系统,合成了一套反义词系统。先来看第一套同义词系统——从"严酷纪律",到"脚印",到"中秋光线的旋律",到"一字之别",到"裸眼可见",到"渐悟";再来看第二套同义词系统——从"散漫",到"散步啊散步",到"空心",到"缄默",到"随之起舞",到"顿悟",到"水阔风凉",到"触目即逝",到"随心所欲"。显而易见,第一套同义词系统的规模,远逊于第二套同义词系统。这说明,就总体向度而言,这首诗由"有缚"奔向了"有解"。而在所有这些词与词组里面,最为突兀的,不是"中秋",而是"缄默"。"中秋",经笔者采访诗人证实,或为必然,或为偶然,乃是此诗的成稿时间。而"缄默",似乎更像是一个中性词,随时都有可能出离第二套同义词系统，甚至可以加入第一套同义词系统。这个发现，甚是奇妙，可以说令笔者大为惊讶。在孤独的黑池坝，诗人曾多次自释"缄默"。一次，他如是说："感官雷动，有默为基。默中之默，犹巨枝生于微风之中，不解己之为枝，不知风之为动。相互咬合，无技可分。"一次，他如是说："假设某种'永恒沉默的部分'可以成为我们的目的——我们创立语言并不断地写作，是为了加速让它显现——而我们所做的一切事实上又在否定着它。像卑微的鸟鸣与附于其上的深不可测的宁静，执着于鸣之清越、鸟之短暂，忘乎所以，又不知其忘；处其短而不以形役，闻其声而不计其鸣。"可见"缄默"也者，乃是《维摩诘所说经》所云"无言无说"——这样一座文字的断头台，超越了理性边界，既绞杀了"严酷纪律"，又绞杀了"散漫"。这说明，就某个瞬间而言，这首诗由"有解"奔向了"无缚无解"（这是这首诗的一个虚无主义边陲）。可见佛经也罢，新诗也罢，谁又没有陷入过烂泥般的"文字障"？

现在，从"诗形"的角度来看——第一至第六行，第八至第九行，第十三至第十四行，第十七至第十八行，都用散句；第七行和第十行，中间隔着两行，组成了一对骈句；第十一至第十二行，组成了一对小骈句，第十五至第十六行，组成了一对小骈句，两对小骈句中间隔着两行，组成了一对更大的骈句。当然，骈句不一定服务于"有缚"，散句不一定服务于"有解"——可见"诗形"与"语义"，有时候心心相印，有时候则同床异梦或背道而驰。散句与骈句的反复往返，不太顾及"所指"（Signifié），而颇为任性地打造了能指（Signifiant）层面上的视觉节奏和听觉节奏。这首诗的形式感或仪式感，可谓用心良苦，绰乎有余地响应了艾略特（Thomas Stearns Eliot）的反面立论——"自由诗并不存在"[①]，也响应了桑塔格（Susan Sontag）的正面立论——"一切艺术皆趋向于形式"[②]。

5

前文一再谈到的"往返"，也可以译为"争论"。那就让我们从耽溺太深的《再击壤歌》，回到冷落有时的《击壤歌》。准确地说，是回到由后者引发的一场争论。这场争论，一方是籍籍无名的鲍敬言，一方是鼎鼎大名的葛洪（也就是抱朴子）。葛洪与鲍敬言，生活于公元三世纪到四世纪。到了公元四世纪，葛洪著《抱朴子外篇》，曾如是介绍鲍敬言——"好老庄之书，治剧辩之言。"[③]又曾如是介绍自己——"期于守常，不随世变。言则率实，杜绝嘲戏，不得其人，终日默然。"归纳一下两段文字的意思：鲍敬言喜欢争论，葛洪不喜欢争论（除非棋逢对手）。然则，两者终于发生了一场争论：针锋相对，而

[①] 转引自斯蒂芬妮·伯特（Stephanie Burt）《别去读诗》，北京联合出版公司 2020 年版，第 97 页。
[②] 桑塔格（Susan Sontag）《反对阐释》，程巍译，上海译文出版社 2011 年版，第 216 页。
[③] 葛洪《抱朴子外篇·诘鲍卷四十八》。下引葛洪，亦见此书，不再注明。

又几乎不为人知。

鲍敬言与葛洪都是道家人物，这场争论，却几乎把葛洪逼成了儒家人物。《抱朴子外篇》的相关记载，甚为翔实，此处且引来双方主要论点。鲍敬言说："曩古之世，无君无臣，穿井而饮，耕田而食，日出而作，日入而息；泛然不系，恢尔自得，不竞不营，无荣无辱；山无蹊径，泽无舟梁。"——鲍敬言暗引《击壤歌》，将"凿井而饮"，改成"穿井而饮"，又将一二行与三四行对换，由此递进而立论，颇近于今人所谓"无政府主义"（Anarchism）。葛洪则说，"明辟莅物，良宰匠世，设官分职，宇宙穆如也"，"是以礼制则君乐，乐作而刑厝也。若乎奢淫狂暴，由乎人已，岂必有君便应尔乎！"——葛洪所谓"明辟"，"良宰"，还曾表述为"明王""圣人"或"皇风"。鲍敬言提出了一种"无君论"，缘于"无为论"，乃是道家思想之正脉；葛洪则提出了一种"有君论"，缘于"有为论"，乃是儒家思想之正脉。除了《抱朴子外篇》，鲍敬言不见于任何古籍。他会不会是葛洪虚构出来的一个人物呢？这个假设过于大胆，那就不妨更加大胆：这场争论会不会是葛洪的此我与彼我的一次或若干次争论呢？

《抱朴子外篇》的政治学命题，或思想史命题，预演了《再击壤歌》的诗学命题。"无君论"之"君"，暴君也；"有君论"之"君"，明君也。道家儒家，相反相成。"有君论"与"无君论"的双向修补，"有为论"与"无为论"的相互修补，就像"严酷纪律"和"散漫"的双向修补。葛洪本是道家人物，却转而提倡礼乐，亦堪称道家修正派。而陈先发，则堪称儒家修正派。诗人之急需不是道家修正派，而是绝对道家，只有后者才有可能封堵他的儒家思想的蚁穴。诗人赋有一首《深嗅》，结尾时，曾发出过极为虔敬的诗学吁请，"等这场小雨结束 / '无为'二字将在积水中闪光 / 葛洪医生 / 请修补我"。这位葛洪医生，反而等于鲍敬言，正是所谓绝对道家。

6

笔者已经反复谈到《再击壤歌》，反复谈到《击壤歌》，现在正好由两者之关系，谈到"传统与个人才能"之关系。前文曾有提及的艾略特，曾从两个维度，阐述过这个问题——其一，"理解过去的过去性"；其二，"理解过去的现存性"[①]。杨炼所谓"同心圆"[②]，有证据表明，也是对这种观点的重释。而陈先发，似乎另有一番见解。在孤独的黑池坝，诗人曾多次自释"传统观"。他用得最多的词组，就是"共时性"——"我确知自己能找到'某个时刻'——在它之内，不管有着往日的隐士，还是明日的变形战士；不管是庄周在喂养母龙还是希梅内斯在种植石榴树。"《再击壤歌》与《击壤歌》，既平行，又交叉，故而不免参差。借用艾略特的观点，或许可以说，《击壤歌》催眠了《再击壤歌》，

---

① 《传统与个人才能》，赵毅衡编选《"新批评"文集》，中国社会科学出版社 1988 年版，第 26 页。
② 参读《同心圆》，杨炼《鬼话·智力的空间》，上海文艺出版社 1998 年版，第 312–320 页。

前者呈现出一种倔强的"现存性";按照陈先发的观点，或许可以说，《再击壤歌》唤醒了《击壤歌》，后者提供了一种令人喜出望外的"共时性"。"现存性"与"共时性"有同有异，其异，导致了大相径庭的结果——艾略特的诗学旅行，投宿于一种安全的"非个人性"；而陈先发的诗学冒险，立锥于摇摇欲坠的"个人性"。已知与未知，名胜与秘境，端看诗人如何取舍或搭配。

艾略特与陈先发似乎都没有致力于某种条分缕析，在这里，笔者乐于稍做尝试。如果将中国古典诗——当然包括《击壤歌》——视为"赋能者"，从而察看新诗之反应，就会厘出好几种大异其趣的"接受模式"。第一种，"貌合神离"，可以鲁迅先生为例。比如《故事新编》各篇，亦即《补天》《奔月》《理水》《采薇》《铸剑》《出关》《非攻》和《起死》，其"原典"，包括《尚书》《左传》《庄子》《墨子》《山海经》《淮南子》《史记》《列异传》和《搜神记》。"今典"之于"原典"，全是后现代主义式的"滑稽模仿"（parody）。除了短篇小说，还可以举出鲁迅的新诗。比如《我的失恋》，其"原典"，乃是张衡的《四愁诗》。来读《四愁诗》："美人赠我金错刀，何以报之英琼瑶。"再来读《我的失恋》："爱人赠我金表索；回她什么：发汗药。"后者，居然步前者之原韵。这样的"滑稽模仿"，正是所谓"貌合神离"。第二种，"貌神俱离"，可以穆旦为例。比如《饥饿的中国》（其三），其"原典"全是"西典"，既包括叶芝（William Butler Yeats）的《再度降临》（*The Second Coming*），又包括艾略特的《荒原》

（*The Waste Land*），还包括奥登（Wystan Hugh Auden）的《西班牙》（*Spain*）[1]。既然无涉中国古典诗，那就毋须引来原文。这样的"非中国"[2]，正是所谓"貌神俱离"。第三种，"貌神俱合"，可以张枣为例。比如《何人斯》，其"原典"，乃是《诗经·节南山之什·何人斯》。来读《诗经·节南山之什·何人斯》："彼何人斯，其心孔艰。"再来读《何人斯》："究竟那是什么人？在外面的声音 / 只可能在外面。你的心地幽深莫测。"这两件作品，正是所谓"貌神俱合"。第四种，"貌离神合"或"遗貌取神"，可以陈先发为例。比如《再击壤歌》，其"原典"，乃是《击壤歌》。单就标题而言，两者确已建立显而易见的互文性（intertextuality）；而就正文而言，两者既可以说是毫不相关，也可以说是心心相印于某个肉眼看不到的隐形峰顶。这两件作品，正是所谓"貌离神合"或"遗貌取神"。陈先发与张枣另有一个不同：后者的《何人斯》，标题沿袭自"原典"；前者的《再击壤歌》，标题改窜自"原典"。陈先发有意添上去的这个字——"再"——似乎预示着这两位诗人，或这两首新诗，将在不同的半径内分头完成各自的蹀躞。

鲁迅和穆旦正当一个弑父时代（亦即破坏时代）——前者正当弑父时代的初期，后者正当弑父时代的后期；张枣和陈先发或

① 参读《伪奥登风与非中国性：重估穆旦》，江弱水《中西同步与位移——现代诗人丛论》，安徽教育出版社 2003 年版，第 133-134 页。
② 王佐良《一个中国新诗人》，王圣思选编《"九叶诗人"评论资料选》，华东师范大学出版社 1996 年版，第 311 页。

值一个拯父时代（此乃笔者杜撰，亦即建设时代）——前者正当拯父时代的初期，后者正当拯父时代的中期（谁知道呢，也许仍属初期）。鲁迅的"故事新编"，穆旦的"西诗东渐"，张枣的"古典今译"，乃至陈先发的"旧题重写"，可谓各自夺取各自的合理性和可能性。时代的自觉与个人的自觉，两者，有时候是水推沙，有时候是金镶玉。从当年的"大破"到如今的"小立"（尚不是"大立"），诗人或已迎来转机，可望攀上那如此崔嵬的"共时性"。陈先发已经用个人的自觉，响应或强化了时代的自觉。所谓传统不再是外在的甲胄，而是内在的气息。如盐入水，半穿袈裟。这个意义，应该放到新诗史上去总结。闪展腾挪，莫非偶然。偶然也者，莫非必然。所以说，从新诗的苗头，也就可以见出百年中国文化的趋势。

7

笔者已经借道于——或者说受教于——《击壤歌》和《再击壤歌》，论及至少两对"二律背反"（antinomies）——从时间的角度来看，乃是"离"与"合"的二律背反；从空间的角度来看，乃是"严酷纪律"与"散漫"的二律背反。哲学家康德（Immanuel Kant）所谓"二律背反"，已被如此笃定的陈先发——而非气喘吁吁跟上来的笔者——三申为以不变应万变的诗学之锁与诗学之钥。

因而，谢天谢地，本文的起步点——以及落脚点——都是"诗"，都是"诗学"，而非广义上所谓"文化"。笔者无意于展开过于洋溢的"文化研究"（cultural studies），然则看起来有点儿缭乱的东挦西扯，或许也曾误入过艾柯（Umberto Eco）所谓"过度诠释"（overinterpretation）。那就真是前有狼，后有虎。好在，诗人陈先发从来就不反感"过度诠释"。在孤独的黑池坝，诗人早已预支给笔者一根如此如意的定海神针——"小说家自身容量大于他的小说之和，而诗人小于他的任何一首诗。"

2021 年 1 月 2 日

换器官指南

——读蒋浩组诗《佛蒙特札记》

1

在谈到本文的当然主角——诗人蒋浩——以前，先要提及佛蒙特工作室（Vermont Studio Center）。佛蒙特工作室位于佛蒙特州约翰逊镇，这个森林小镇有山有水，水则基训河，山则阿巴拉契亚山脉。山上有一所学院；谷中有一家中餐馆，一家咖啡厅，一家理发室，一家超市，两座教堂，一家图书馆，还有一间瑜伽房。工作室的主体建筑，曾是一家红色的木结构油坊，后来才被改造为一个滨水的艺术空间。从工作室特设的冥想室，及上文提及的瑜伽房，就可以看出，此处颇有嬉皮士运动（The Hippie Movement）遗风。昔日的油坊东家，今日的工作室主人，蒋浩猜，很有可能就是一个晚期嬉皮士。这似乎也在证明，榨油，画画，也可以是艺术的左右手。这是闲话不提；却说佛蒙特工作室，能同时接纳五十多位艺术家，十多位诗人或作家，已经成为美国——也许是全世界——极为著名的艺术家驻留中心。

佛蒙特工作室，早在 2016 年，就向蒋浩发出了邀请。主办方还为他安排了合作方，华裔译者汪诚欣小姐（Chenxin Jiang）。由于这位小姐的时间不巧，蒋浩不得不推迟到次年才入驻。2017 年 9 月 3 日，蒋浩飞抵纽瓦克，转机飞抵伯灵顿，4 日入驻佛蒙特工作室，10 月 8 日从拉瓜迪亚飞回中国。完成工作室的相关工作以后，飞回中国以前，蒋浩还曾逗留于一个小镇，一座大城，小镇是新迦南（New Cannan），大城是纽约（New York，其实应该译为新约克）。从这些大小地名——以及佛蒙特所在的新英格兰（New England）——的偷懒的命名，可以看出，美国不但直接抄袭了英国，还通过《圣经》间接抄袭了叙利亚—巴勒斯坦（Syria-palestine）。偷懒与仍旧，当然比创新更加一帆风顺。就其名，几乎全是偷懒与仍旧；究其实，美国——还有美国诗——从来都在孜孜创新。那么，我们的"蒋浩"呢？从中国到美国，从海口到佛蒙特，从海滨到群山环抱，从汉语到英语，从字到字母，从美国想象到中国记忆，从美国记忆到中国现实，经此一圈循环，他会变成一个"新蒋浩"（New JiangHao）吗？要回答——哪怕是不及格地回答——这个问题，都需要我们静下心来细读他的新作《佛蒙特札记》，共包括十五首长短诗：最早的一首题目用英文，《Anchorage[①]》，成稿于 2017 年 9 月 4 日；最晚的一首题目带古风，《丁酉秋，过纽约》，成稿于 2018 年 1 月 18 日。

2

蒋浩的作品历来字字为营，步步为营，武装到牙齿，其修辞[②]的密度远大于意义的浓度。修辞主动，语义被动，后者似乎只是前者的副产品。修辞解除了语义的五花大绑，语义来源于并最终服务于修辞。也许对于蒋浩来说，与其"言不尽意"，不如"意不尽言"，与其"意在言外"，不如"言在意外"。"永远不要去追问一首诗的意义，因为它本身并不靠有无意义而存在。"[③]他的念兹在兹，不是语义，而是字的生死劫，词的梦游，与乎修辞的绿野仙踪。如果说，语义是西瓜，修辞是芝麻，蒋浩偏要丢了西瓜捡芝麻。诗人，多么任性地，只是一个修辞主体而已。到蒋浩完成长诗《游仙诗》，此种倾向，已经趋于极致，让很多读者茫然不知所措。这种诗艺上的穷讲究（穷尽讲究），赋予其诗以一种稀有的价值观，不妨称之为形式主义价值观：买椟还珠而已，刻舟求剑而已，缘木求鱼[④]而已，大海捞针而已，猴子捞月亮而已。如果往细了说，蒋浩的修辞要术，不是有一套，至少有

---

① 意为"抛锚"（吾友胡志国教授音义双关地译为"安客"），伯灵顿机场附近的旅馆。
② 蒋浩有诗集《修辞》，上海三联书店 2005 年版。
③ 《方言》，蒋浩《似是而非》，江苏凤凰文艺出版社 2019 年版，第 218 页。下引蒋浩之文，凡未注明，均见此文。
④ 蒋浩有诗集《缘木求鱼》，海南出版社 2010 年版。

两套：一个是能指游戏，一个是奇喻魔术。曾被他反复动用的这两样看家本领，是否与"海南的雨"，一起登上了去美国的航班并且"在纽约稍做徘徊"呢？

先来说能指游戏。关于这对著名的术语，"能指"与"所指"，笔者也不欲在此引来索绪尔（Ferdinand de Saussure）或巴特（Roland Barthes）的相关解释，而是想要自作主张地如是说明：字词之三维，音，形，义，能指关乎前面两维，所指关乎后面一维。蒋浩的做法，似乎也简单，就是通过能指的滑动，带动所指的滑动，通过两者的滑动形成了一种听觉和视觉的贯珠，然后才是气咻咻赶上来的语义的贯珠。批评家对阿什贝利（John Ashbery）的图解，一个海难场景，"液态的能指海洋——随机性，固态的漂浮物——意义"①，该是多么地贴切于蒋浩的此类作品。先来读《Anchorage》："黑出租车黑司机黑手举着白纸：／本地拼写的拉面状拉风口音，／消解了横平竖直的汉语性。"从"黑出租车"，到"黑司机"，到"黑手"，是能指和所指的正向滑动。从"黑"，到"白"，是所指的反向滑动。从"拉面"，到"拉风"，既是能指的有序滑动，也是所指的无序滑动，中途就翻越了至少一座克莱山或曼斯菲尔德山。再来读《Maverick Studios②》："公共性比个人性更人性的玩笑是：／干这行全凭热心和苦心，／腿长并不让诗艺见涨。"这些诗句再次让我们领教，如何通过能指游戏，

---

① 马永波《向阿什贝利致敬》，《约翰·阿什贝利诗选》，河北教育出版社 2003 年版，第 7 页。据说马文部分观点，来自外国学者，却似乎忘记了注明出处。
② 可勉强译为"学前牛犊写作坊"，或"初生牛犊写作坊"，隶属于佛蒙特工作室。

在字与字之间，在词与词之间，形成喜出望外的若干细小沟壑（或褶皱）。此种能指游戏，恰是汉字游戏。蒋浩降落在美式英语中间，遍地字母，"消解了横平竖直的汉语性"；但是他又通过能指游戏，消解了此种消解，并在美式英语中间挽回了一点儿"汉语性"。或许还可以这样来表述，此种能指游戏，本来就是蒋浩的惯用伎俩。来读他的旧作《寻根协会（回赠臧棣同题）》："但我爬得快极了，／山头我过去的风头未及白头，／而前面只剩下下面。"[①]蒋浩干吗这样做？也许，他只是为了反对钱锺书反对过的"把常然作为当然和必然"[②]？

再来说奇喻魔术。毫无疑问，奇喻与能指，这次都被蒋浩塞进了行囊。奇喻就是在八竿子打不着的两样事物之间，强行发明一种惊艳到惊险的相似度。因而，奇喻是开头最荒唐——收尾最美满——的拉郎配。在很大程度上，可以说，奇喻具有创世纪特征，乃是高级想象力的奇妙结晶。笔者早已发现，奇喻既是蒋浩的旧作——也是其新作《佛蒙特札记》——的独门暗器。来读《Anchorage》："揉皱的夜色如手纸"，"裹紧毛毯胜于钻进保温杯"。从"毛毯"到"保温杯"，尚有理路可寻；从"揉皱的夜色"到"手纸"，已是脑洞大开。再来读《Maverick Studios》："字母 O 的小圆脸像画了烟熏妆"。从"O"到"烟熏妆"，本体与喻体之间，跨度实在太大，或已超过了跨海大桥。

① 《缘木求鱼》，前揭，第5页。
② 《中国诗与中国画》，钱锺书《七缀集》，上海古籍出版社1994年版，第2页。

跨海太容易，如果与跨文化相比。《Anchorage》和《Maverick Studios》，乃是《佛蒙特札记》的前头两首，此后十三首，蒋浩逐渐弃用能指游戏，却将奇喻魔术贯穿始终。比如，他把住在山下而不到山上散步，比作"在书中睡觉而不知文字已远游"；把溪声、虫鸣、鸟叫和露滴间的落叶，比作"句读"；把乌鸦的突然的叫声，比作"一座跨度很长的弓形桥"；把血迹，比作"一枚回形针别在公路中间的两根黄线上"；把落日的余晖，比作"长颈瓶"。这种种奇喻，不但沟通了"有形"与"有形"，还沟通了"有形"与"无形"，甚至沟通了"听觉形象"和"视觉形象"，——也就是说，奇喻与通感，殊途而同归。蒋浩所制造的修辞美景，尤其是奇喻美景，说实话，一下子就让人想到但恩（John Donne）。但恩的圆规奇喻，跳蚤奇喻，以及花色繁多的各种发明，让他成为了玄学诗的鼻祖，现代派的远祖，以及英语世界的奇喻大师。笔者乐于承认，蒋浩不逊于但恩，堪称汉语世界的奇喻大师。这样的结论甚至还包含这样的潜台词：奇喻比能指更加炫目，魔术比游戏更加扣人心弦和沁人心脾。

3

乘坐飞机和修辞的惯性，蒋浩抵达了佛蒙特工作室。字闯进了字母，字母打量着字，字与字母之间将会发生什么？这是一次跨文化的旅行：跨得过，就是故事，跨不过，就是事故。蒋浩由一个"修辞主体"，静悄悄地，转变为一个"文化主体"。不管诗人愿意与否，在佛蒙特，他都只能"孤身"代表汉语和汉文化。王寅及其夫人还要再过半个月，才能赶来会合。会合了又怎样？他们仨，仍是"孤身"。蒋浩一边寻求"个体身份认同"，一边不自觉地寻求"集体身份认同"。由此展开的写作，注定绕不开两种文化的磕磕绊绊。这是新诗的新材料，也是蒋浩的新课题（有点像个烫手山芋）。笔者已经看到，《佛蒙特札记》，呈现了两种文化——字与字母——的阻隔、试探、误读和转译。为了让本文更好玩，笔者把这四种情况，分别称为碰壁记、破冰记、变形记和还魂记。

且容笔者分头来细说，其一，碰壁记。来读《午餐闲谈片段》："No problem！No idea！／她不大懂东方人的什么都不想／才是想，没问题才有问题。""我"来自中国，"她"与"他"都来自美国。午餐是多语种的午餐，闲谈是入驻诗人、作家与艺术家之间的闲谈。"No problem"，意为"没问题"，"No idea"，意为"不知道"。字母进入了字的耳朵，听者有心，很快做出了东方式的反应：一种反方向的反应，一种一百八十度的大转弯。这就是字母在字中——或者说字在字母中——的碰壁记。

其二，破冰记。"他"就是那位丹佛艺术家，长着注水凡·高脸，正困惑于泥塑维尼熊的干湿度。他曾在中国展出过装置作品，故而对蒋浩颇有兴趣，向后者询问在写作中的趣味性操作。蒋浩自陈了两种相反的尝试："有包浆的半拉子"，"胸有成竹之前的竹子"。潼南—海南①诗人蒋浩，以及这位丹佛艺术家，似乎都已经做好了准备。他们要相向而行，要翻山越岭：一座山岭耸立在字与字母之间，一座山岭耸立在诗学与艺术学之间。那结果并非难以想象，这位丹佛艺术家未必听懂，未必听不懂："诗很怪，这河里的石头因水变而变。"这脱口而出的"变"，恰是无论何时，无论何地，诗与艺术所共有的"不变"。这就是字母在字中——或者说字在字母中——的破冰记。

其三，变形记。来读《九月二十六日登曼斯菲尔德山（For Thomas Moran）》："突然，你盯着后视镜中一闪而过的飞瀑，/喊起来：'范宽！'"这首诗中的"你"就是 Thomas Moran（汉文名穆润涛），东亚文学博士，佛蒙特米德尔伯里学院（亦即明德学院）资深汉学家。穆润涛曾译过蒋浩，收入葛浩文（Howard Goldblatt）所编《推开窗：当代中国诗歌》（Push Open the Window）。他觉得蒋浩的诗，很难懂，却很有意思。蒋浩入驻佛蒙特工作室以后，穆润涛曾两次看望前者，并一起登上了曼斯菲尔德山。从"飞瀑"，到"范宽"，跨度也算不小。穆润涛为何喊起来，为何会像这样喊起来？一则，穆润涛的汉学修养显然包含关于范宽的若干信息；再则，范宽画过若干溪山图；三则，穆润涛在曼斯菲尔德山看到了飞瀑；四则，飞瀑进入后视镜如同进入卷轴；五则，蒋浩与范宽均来自中国；六则，穆润涛试图较

---

① 蒋浩现在的居住地乃是海南，他的生长地却是潼南。潼南乃巴蜀之界，现辖于重庆。蒋浩的自潼南至海南，有点像苏东坡的自眉州至儋州。故而《自然史》曾这样写道："而喇叭只是风的一个入口，/响在蜀州像是要熄在儋州。"参读蒋浩《游仙诗·自然史》，华东师范大学出版社 2016 年版，第 198 页。

为应景地展现其汉学敏感。毫无疑问，在穆润涛这里，范宽很有可能已经被高度符号化和脸谱化：一位喜欢飞瀑的中国古代画家。也许在穆润涛看来，北宋三大家，范宽，董源，李成，就没什么区别。蒋浩对穆润涛，既有热肠，也有冷眼。就在这首诗里面，在飞瀑出现以前，他就曾叙及穆润涛的"虚构中国学"，以及后者如何将汉文坟典"西化为东方美"。也就是说，很有可能，穆润涛的"中国"只是"中国想象"，"范宽"也只是"范宽想象"；那么他的"蒋浩"，当然也就是"蒋浩想象"。从编译出《神州集》的庞德（Ezra Pound），我们早已知道，"想象"和"误读"甚至会通向柳暗花明般的"创造性背叛"，——庞德就曾这样，对李白和作为诗人的刘彻（亦即汉武帝）动过手脚。这就是字在字母中的变形记。

其四，还魂记。来读《隔壁（For Chenxin Jiang）》："汉字和字母在河面上下颉颃，／像灰褐色的北美鹭迎迓着银白色的南海鸥"。这首诗中的"你"就是 Chenxin Jiang（江诚欣），生于新加坡，长于香港，就读于美国大学，译过季羡林的《牛棚杂忆》，现为芝加哥大学社会学博士。按照佛蒙特工作室的安排，她的任务，就是要把蒋浩的诗转译为英语。笔者对这样的转译感到灰心，孰料江诚欣的会心，居然沟通了蒋浩的七窍心。江诚欣译出的蒋浩，近二十首，既包括旧作中的名篇，比如《海的形状》，又包括新作中的佳篇，比如《即兴》和《克莱山日出》。"南海鸥"对"北美鹭"，原文对译文，那是相当地满意。如果说《九月二十六日登曼斯菲尔德山（For Thomas Moran）》揭示了美国和中国在山水文化上的异貌，那么《隔壁（For Chenxin Jiang）》就呈现了英语与汉语在修辞境界上的同心。"谢谢你，你美妙的译文发明了原作，/流水又打印出源头，/群山装订了她，/被这面墙再次固定在你我之间。"这就是宁在宁母中的还魂记。

两种文化和语言之间，看起来，除了险隘，也有通衢？也许，蒋浩并不这么认为。即便有了江诚欣的"美妙的译文"，他对他在英语中的远游和壮游也并不乐观。来读《十月七日深夜在拉瓜迪亚机场等早班机去华盛顿转机到北京回海南即兴》①："我的母语像我正在等待的飞机，/典我到这里，又要押我回去。""典押"拆为"典"和"押"，分头叙述去美国与回中国，允称文字学和叙述学的两全其美。想来蒋浩早已知道，他的读者不在美国，美国读者不需要他的诗。拉瓜迪亚—华盛顿—北京—海南：归去来兮，归去来分，这才是蒋浩的线路（或者说路线）。

4

那么，有没有一种"语言"，可以畅通于任何"语境"？不是笔者急于明言，而是蒋浩早有暗示——这种苦功通神的语言就是大自然。山水，草木，鸟兽，诸如此类的"单词"，可以畅通于任何文化、语种和人种。《佛蒙特札记》，毫无疑问，已经毫

---

① 这个诗题颇得宋人诗题的叙事学趣味。

不犹豫地起用了这些单词。从某种意义上讲,这既是蒋浩对旧作——比如《自然史》——的接力,也是他对盛行于美国的自然文学(Nature Writing)——比如《沙乡年鉴》——的较劲。鉴于本文下节还将重点论及《佛蒙特札记》中的大自然之诗,在这里,笔者只欲考察蒋浩的这样两个关注点:一个是天人相融,一个是天人交战 [1],前者以嬉皮士的生活为例,后者以豪猪、松鼠和负鼠的死亡为例。

美国的嬉皮士(Hippie),以及垮掉派(The Beat Generation),都很信奉禅宗和生态主义思想。他们尊重人性,也尊重生态;追求自由,也追求自由的前提。他们曾逗留于佛蒙特所在的新英格兰山林,身体力行一种陶渊明所谓"纵浪大化中,不喜亦不惧"式的荒野生活。《九月二十六日登曼斯菲尔德山(For Thomas Moran)》第九至十五行,以及《从克莱山通往古尔德山九月的秘密小径》第十节,都有描绘这些"长发摩托"的简朴生活:"露着白屁股","吸着大麻","饮着溪水","抟土造屋","磨石为镜","坐在这些树下、石头上、溪水边、/草地里修禅"。大麻一度未被美国政府列为违禁品,故而,也曾被嬉皮士错误地选择作为一种所谓的自由之途。这是闲话不提;我们更应该看到,正如蒋浩.之所描述,嬉皮士尽可能减少了对大自然的伤害。此种简朴生活,"天人相融",当然就是自然文学的一个重要母题。

---

[1] 在中国文化语境中,"天",可以解释为"大自然"。

除了嬉皮士的生活，当然还会谈到豪猪、松鼠和负鼠的死亡。《熊、刺猬或豪猪之死（给王寅）》有叙及豪猪的死亡；《从克莱山通往古尔德山九月的秘密小径》第二十五节也有叙及豪猪的死亡，第二十八节还有叙及松鼠和负鼠的死亡。这些死亡，都是汽车所致。《熊、刺猬或豪猪之死（给王寅）》乃是一首叙事诗，就像一首破案诗，死者身份的确定可谓一波三折："你夫人指了指那边，告诉我，／山路上死了只小熊"，"看到她身上那些硬长且直的褐色针式毛发时，／你和我都认为她是刺猬"，"我在工作室查了资料，／确认了死者就是豪猪"。这只被撞死的动物，只有一个所指，却无辜得到了三个彼此猜疑的能指。所有动物对于人类来说都是他者（the other），叫啥名字，似乎并不重要。这就从反面得到了证明：这个世界，毕竟还是一个人类中心主义（Anthropocentrism）世界。诗人却非要较真不可，他再三查证，终于将死者锁定为豪猪。他还再次前往现场，将路边的蓝色木质警示牌，"NO PASSING"①，挪用做这只豪猪的墓碑和墓志铭。这些细节非常值得玩味：也许，诗人不过是为了表达一份只有眼屎般大小的歉意？"人"对"天"的歉意，或者说，"文明世界"对"非文明世界"的歉意？人文主义与科学主义的冲突，由来已久，科学主义与生态主义的冲突，日益严重。"汽车"不容反对，"割草机"也不容反对，诗人的这种歉意也不过是无用的无力。动物、植物和环境受难，"天人交战"，定然也是自然文学的一

---

① 意为"禁止通行"。

个重要母题。

5

前文已谫论"人"与"天"的关系，现在来深究"我"与"物"的关系。按照中国古人的观念——"我"以外，皆为"物"。倘要"游物"，勿如"登山"：先是移步换景，继而随物赋形。蒋浩爱登山，好作"登山诗"（都是"恋物诗"）。若以其不同时期所写登山诗为例，即可讨论他在诗艺和交游上的"日日新"。这个角度，甚是迷人，却也只好按下不表。还是接着米读《佛蒙特札记》，其中包含四首登山诗：《克莱山日出》《黎明前在克莱山上直到日出》《九月二十六日登曼斯菲尔德山（For Thomas Moran）》和《从克莱山通往古尔德山九月的秘密小径》。这三座山，都位于佛蒙特州境内。克莱山和古尔德山是两座连在一起的山峰，紧靠约翰逊镇北面，曼斯菲尔德山是绿山最高峰，距离约翰逊镇尚有数里。这四首登山诗，都正中笔者下怀。尤其是第二首和第四首，前者包含十五节，后者包含三十节，每节都是一首四行诗，每首四行诗都相对自治，而又在某个秘道上如此暧昧地手挽着手。故而这两首登山诗，可以视为小组诗，也可以视为小长诗。

现在必须面对这个问题："我"与"物"的关系，到底该怎样来条分缕析？也许，可以这样来打个比方。有两列穿云破雾的动车，一列叫"我号"，一列叫"物号"。"我号"拖着三个车厢，一个叫"唯我"，一个叫"非我"，一个叫"忘我"。"物号"拖着三个车厢，一个叫"观物"，一个叫"即物"，一个叫"唯物"①。这两列动车随时变换着车厢的编号和排序，有时同向行驶，有时相向行驶，有时交错而过，有时彼此相撞，有时甚至还重叠为一列动车（"我"即是"物"，"物"即是"我"）。两者的离合纠缠，任何可能都是小概率，故而就有——借用黄仁宇先生的书名——"关系千万重"。

明乎此，我们就可以重返《佛蒙特札记》。先来读《从克莱山通往古尔德山九月的秘密小径》第七节："这里的枫树也会像岛上的橡胶树那样，/ 自己在胸口挖个口，夜里会流出很多汁。/ 一个甜，一个粘，都不是我喜欢的。/ 我喜欢松树流出的汁液。凝结后，擦拭过我父亲二胡上那两根褴褛不堪的马尾。"——这是"唯我"与"观物"的组合体，"我"要使唤"物"，"我"的主体性颇为居高。类似的佳例，还有此诗第一节。再来读第二十九节："并不需要终日苦读。/ 我肯定错过了一些书，但更多的是我读错了书。/ 比如，我翻开基训河，读到的倒影和磨光的书脊都是克莱山；/ 而爬上克莱山，扔下的湖笔和裁开的线装却是基训河。"——这是"非我"与"即物"的组合体，"物"要拷问"我"，"我"的主体性开始走低。类似的佳例，还有《黎明前在克莱山上直到日出》第七节。再来读《从克莱山通往古尔

---

① 蒋浩有诗集《唯物》，秀威公司 2013 年版。

德山九月的秘密小径》第四节："倾斜草坡的凹陷处有一个指甲大的小小湖泊，／像你光滑袒腹上那个迷人的脐眼。茵草如海，但我只要这一勺。／我抱住她，咬住她，在这草坡上一起滚。"——这是"忘我"，"我"混入了"物"，"我"的主体性想要等于"物"的主体性。类似的佳例，还有《黎明前在克莱山上直到日出》第十四节。再来读《黎明前在克莱山上直到日出》第二节："傍晚时最先变黑的石头，／总是在黎明里又最先亮起来。／从他身上的皱褶凹陷处涌出的露水，／开始反射这熹微的光。"——这是"唯物"，"物"呕出了"我"，"物"的主体性似已取代"我"的主体性。类似的佳例，还有此诗第三节。　这两首登山诗体现出来的上述可能性，都有反复性：也就是说，从"唯我"，到"唯物"，并非一条直线，而存有若干条回环的冤枉路。

蒋浩长期以来——非独《佛蒙特札记》——所追求的杂语狂欢，不支持笔者简单地挑明其在"通古"和"化古"方面的小心思，但是上文所叙"唯物"恰是古典诗——尤其是禅诗——极为常用的收尾卒章之法。以王维《辋川集》为例：《临湖亭》归结于"四面芙蓉开"，《欹湖》归结于"青山卷白云"，《北垞》归结于"明灭青林端"，《竹里馆》归结于"明月来相照"，《辛夷坞》归结于"纷纷开且落"，《漆园》归结于"婆娑数株树"。此种"唯物"，反而呈现了某种超人力量的"在场"。《佛蒙特札记》正是如此，"用传统来贪恋远景"[1]，屡屡归结于万物：除了豪猪、

---

① 《今天，我为什么写诗？（应诗人萧开愚命题作）》，蒋浩《似是而非》，前揭，第171页。

松鼠和负鼠，还有草与草地、松树、新月、石头、露水、雾、蘑菇、云、松果、椴树、野苹果、蛛网、星光、山脉、山谷、森林、槭树、枫树、湖泊、胡桃枝、溪流、落叶、落日、乌鸦、笔松、海棠树、菊花、云杉、明黄与暗绿。这恰是苏轼《前赤壁赋》所谓"无尽藏"："自其不变者而观之，则物与我皆无尽也。"《辋川集》也罢，《佛蒙特札记》也罢，反而获具了某种几乎不可测量的超验性。

关于《黎明前在克莱山上直到日出》，以及《从克莱山通往古尔德山九月的秘密小径》，笔者还有话可说：这两件作品的若干节，已经归于零修辞和零文化，或者说已经放逐了修辞主体和文化主体。来读前者第十节："野苹果从枝头落下来，／并不需要任何鼓励和惩罚。／我从树上摘一个吃，／又从地上捡一个吃。"——淡到无味，素到无色，透明到无底，失语到喃喃自语，糊涂到分不清主宾，简单到懒得有意义，"追求深刻不如沉默于神秘"。这不再是戎装蒋浩，而是赤身裸体的蒋浩；或者说这不再是蒋浩的出场，而是大自然的虚位以待。

6

《佛蒙特札记》曾写到两位美国诗人：因时间上的巧合，写到了阿什贝利；因空间上的重合，写到了弗罗斯特（Robert Frost）。2017 年 9 月 3 日，阿什贝利告别人世之时，也正是蒋浩抵达美国之日。阿什贝利生前主要住在纽约；至于弗罗斯特，原籍新英格兰，生于旧金山，后来迁居英格兰，晚年恰好定居佛蒙特。在弗罗斯特生前，州议院就宣布他为桂冠诗人，并命名一座山为弗罗斯特山。当蒋浩入驻佛蒙特工作室，这位诗人已经去世半个多世纪。弗罗斯特和阿什贝利，后者是城市诗人，沉醉于"精确到不得不晦涩"，前者是乡村诗人，着迷于"朴素到令人上当"，两位诗人堪称美国诗的两极。

蒋浩后来以《丁酉秋，过纽约》第六节，向杰出的阿什贝利致敬："想去墓前献束花。我迷路了，／路还不够把我领到一朵花前。"又以《九月二十六日访明德学院罗伯特·弗罗斯特旧居（给亦来）》，向也许更加杰出的弗罗斯特致敬："隔着玻璃看那幽暗的室内，／像贴着皮肤去听他身体里沉睡的器官。"其《从克莱山通往古尔德山九月的秘密小径》第十九节及第二十三节，所叙种种细节，比如清除水面的落叶，比如劈柴和码柴，也会让我们马上就联想到弗罗斯特的《牧场》及《柴堆》。

上文援引的两首献诗如同谶语，在佛蒙特，蒋浩果然把自己从阿什贝利写成了弗罗斯特。这只是打个比方而已，也可以说，他把自己从黄庭坚写成了王维。王维，黄庭坚，弗罗斯特，阿什贝利，各有一套器官。而蒋浩，或有几套器官。黄庭坚是王维的反对派，阿什贝利是弗罗斯特的反对派，蒋浩则是自己及所有诗人的反对派。蒋浩或许暂时无法比肩于四位前贤，但是他比他们更加执拗地问个不休：诗为何物？非诗为何物？笔者从《佛蒙特札记》已经看到——正如诗人的夫子自道——"我决定开始要用几套器官来写诗"[1]。他用修辞调戏了语义，用文化欺负了修辞，又纵容大自然杜绝了语义、修辞和文化。后一首诗挑衅了前一首诗，下一刻钟反对着上一刻钟，哪怕到最后，"我没有多的我在这清早 / 换下我。"昔我与今我，佳境与绝境，元诗与负诗，七十二变，十八般兵器，"共生一个世界"。这就是《佛蒙特札记》——乃至整个儿蒋浩——的复调世界。

2020 年 6 月 9 日

---

[1] 《今天，我为什么写诗？（应诗人萧开愚命题作）》，前揭，第 171 页。

角色问题与时态问题

——读江非短诗《花椒木》

1

　　洛威尔（Amy Lowell）去世后第四天，1925 年 5 月 16 日，弗罗斯特（Robert Frost）写出悼文，开篇就说："若以为要知道一首诗是否会流传，惟一的办法就是等着看它是否流传，那未免就有些荒唐可笑了。"[1]这是几个意思呢？弗罗斯特在提醒自己，也在提醒所谓批评家：赶快备好雨伞和干粮，赶快推出自行车，去寻找和发现"马上就得承认的倒刺和毒素"，哪怕在顷刻撞击后留下"永远都没法治愈那种创伤"。弗罗斯特所谓"创伤"，或许含有多个语义："被震惊了"，"被刺激了"，"被欺负了"，

---

[1]《艾米·洛威尔的诗》，《弗罗斯特集》，曹明伦译，辽宁教育出版社 2002 年版，第 916 页。下引弗罗斯特（Robert Frost）诗文，凡未注明，均见此书。

或"被秒杀了"。如果这个批评家与这个诗人旗鼓相当，或者说，这个批评家具有足够的心胸，就可以试着把"创伤"解释为"幸福"——智力交换的"幸福"，或者说，智力崇拜的"幸福"。此种"幸福"在不同受众那里一再重复，这个诗人或这首诗就获得了较为可信的经典化过程。是啊，只有学者才研究文学史上的杰作，批评家则青睐身边的杰作。比如，它出自邻居、朋友、流浪汉、后生小辈或某个陌生人之手，混迹于刚从某个小印刷厂拉出来的自费诗集、某个公众号、某个没人认真听的朗诵会或订阅数极为有限的某个地方性诗刊。小鸡破了壳，它的无所谓，夹杂着一丝对老虎的无以为敬。那么，铃声响了，所谓批评家该入场了。

这个开场白无意于批评和自我批评，却涉嫌吹捧和自我吹捧。如果接下来论及江非及其《花椒木》，难道真能得到上文所谓"创伤"或"幸福"？是耶，非耶，这里暂不作答。却说本文开篇就提及弗罗斯特，原因主要还在于，此翁及此翁所喜欢的梭罗（Henry Thoreau）都是江非所喜欢的老哥哥。如果两位老外还活着，没准儿，也都会看好《花椒木》——下文，争取能够出示若干旁证。话说这个梭罗，除了散文，也写过诗。来读张爱玲所译《冬天的回忆》："而现在四周一切田地都冻结，白茫茫／盖着一层冰雪的厚壳。这样，仗着上帝／经济的办法，我的生活丰富起来。"① 这个文字姻缘，绕得有点儿厉害：一个中国小说家，翻了一个美国散文家，选中的不是他的散文而是他的诗。这是闲话不提；却

---

① 林以亮编选《美国诗选》，香港今日世界出版社1976年版，第50页。

说这首《冬天的回忆》，不免令人念及《雪夜在林边停留》："怎么未见农舍就停步不前，/ 在这树林与冰冻的湖之间，/ 在一年中最最黑暗的夜晚。"两件作品里面都没有寒冷感，相反，还弥漫着一份安详、深远和幽欣，甚至还弥漫着一份被焐热了的热爱。这样下结论，是否有点儿无法无天呢？却说《雪夜在林边停留》，其作者，谁都知道正是弗罗斯特。大约是在 1901 年后，这位诗人反复拜读过梭罗的《瓦尔登湖》。我们或有理由相信，后者参与了对前者的训练，超验主义的散文引导了诗的超验主义。甚而至于，波及江非。在一张药费单子上，江非曾写下一首《梭罗》："你是一个美国人，勤劳 / 热爱生活 / 懂得支出与节俭"①。此处所谓"支出与节俭"，正是梭罗所谓"经济"。这是江非给梭罗的献诗；他另有给弗罗斯特的献诗，是个组诗，总题为《弗罗斯特的月光》。这不是江非的故意，也不是我的错觉——给弗罗斯特的献诗，收件人也可以是梭罗，给梭罗的献诗，收件人也可以是弗罗斯特。如欲拈出梭罗、弗罗斯特和江非所共有的着眼点，也许，就是"夜晚""冬天"和"积雪"。江非毕竟是小兄弟嘛，有时候，他会把"夜晚"置换成"傍晚"。梭罗的诗不及弗罗斯特，弗罗斯特的散文不及梭罗，两者算是打了个平手。我无意于把江非媲美于前两者，但是不得不承认——真有这样一条密道或暗河，在不经意间，连通过梭罗的瓦尔登湖、弗罗斯特的农场和江非的平墩湖。

---

① 江非《纪念册》，海风出版社 2007 年版，第 82 页。下引江非诗文，凡未注明，均见此书。

2

2008 年 3 月，罗江，鹭岛之夜，江非赠我诗集《纪念册》。我请诗人拣出其中两件作品，他毫不为难，立马锁定《花椒木》和《死亡学教授》。《死亡学教授》暂不讨论；而《花椒木》，更应该关联于《劈柴的那个人还在劈柴》——两首都是什么诗？劈柴诗。前者乃是儿子劈柴诗，大约脱稿于 2003 年；后者乃是老子劈柴诗，大约脱稿于 2000 年。并非仅仅基于成诗的早晚，可以断言，《劈柴的那个人还在劈柴》乃是《花椒木》的"前传"或"上集"。来读《花椒木》：

> 劈柴的时候
>
> 我没有过多地用力
>
> 只是低低地举起镐头
>
> 也没有像父亲那样
>
> 咬紧牙关
>
> 全身地扑下去，呼气

劈柴者是谁？曾经是老子，如今是儿子。儿子忆及的老子，恰好，就见于《劈柴的那个人还在劈柴》："他一手拄着斧头 / 另一只手把一截木桩放好 / 然后 / 抡起斧头向下砸去 / 木桩发出咔嚓撕裂的声音"。老子与儿子，一个用斧头，一个用镐头，一个抡得高，一个举得低，一个用力大，一个用力小，一个劈得特别多，一个可能劈得少，一个从下午劈到天黑，一个到了黄昏才开始劈，这样的分别有什么用意呢？答案一，儿子想念老子，放慢了劈柴的"速度"，却增加了劈柴的"仪式感"。《花椒木》写得很清楚，儿子甚至"停了下来"，因为他遇到了一块"花椒木"——这块"花椒木"，老子劈过，不知为何留了下来，仍然散发着"呛鼻"的气息。答案二，作者暗示读者，《劈柴的那个人还在劈柴》仅仅负责"劈柴"，《花椒木》还将负责"劈柴的隐喻"。故而，老子得到了"一座小山"，儿子则不得不面对"时光的碎片"——这个问题，十分关键，后文再来细说。

《劈柴的那个人还在劈柴》和《花椒木》，都缘于江非的乡村生活经验，两者还有一个并非显而易见的分别——老子所劈，只是相同的"木桩"；儿子所劈，却是不同的"榆木、槐木和杨木"。如果不是《花椒木》的补叙，读者岂会知道，老子要劈的"木桩"也包括"花椒木"？如果说"木桩"是"一般细节"，那么"榆木、槐木和杨木"则是"超级细节"。这样的分别又有什么用意呢？答案一，生活经验本来如此。幼年的儿子——作为劈柴旁观者——只会记得"一般细节"，成年的儿子——作为劈柴亲历者——才会记得"超级细节"。答案二，细节自觉不断加强。昨天的写作——比如《劈柴的那个人还在劈柴》——致力于转向"一般细节"，今天的写作——比如《花椒木》——致力于转向"超级细节"。所以，不再是"木桩"，而是"榆木、槐木和杨木"。
正如弗罗斯特的《一堆木柴》，其中半行，曹明伦译为"那是一
考得槭木"，方平译为"这里是一方堆枫木"①。无论"槭木"，
还是"枫木"，都是"超级细节"。此种具体而微的精准度，不
会拉坠诗人的飞翔，反而会促成一种圆雕般更富质感的想象力。
这就是弗罗斯特的秘密：他不唯是哲人，隐士，还是农夫。江非
洞悉这个秘密，所以他的乡村生活经验，充满了形而上的舞蹈和
形而下的细节。"道"的写作与"器"的写作，通过一只铁环，
连着一副辔头，保持了轻快而整齐的小骈步。

3

　　如果把《花椒木》比作一出独幕剧，那么，这出独幕剧共有
三个角色——全出场角色，亦即"我"；半出场角色，亦即"父
亲"；未出场角色，亦即"陌生人"。全诗共有七节，每一节都
写到"我"，第二节和第五节忆及"父亲"，第一节、第五节和
第七节涉及"陌生人"——"天更冷了，有一个陌生人／要来造
访"，这是"确定叙述"；"我想着那个还在路上的陌生人"，
这是"半确定叙述"；"好像那个陌生人，已经来了"，这是"不
确定叙述"。越是靠近结尾，可以说，"陌生人"变得越是"不
确定"。与"咬紧牙关""全身地扑下去"和"呼气"相比，亦

① 弗罗斯特《一条未走的路》，方平译，上海译文出版社 1988 年版，第 99 页。

即与"父亲"相比,"陌生人"如同一把矜持的空气——你能感知他,甚至需要他,有点想见他,但是他是谁,为何要来造访,他在哪里,他上路了吗,他来了吗,为何总是看不见他?《一堆木柴》曾经写到一只白尾小鸟,"当它停落时,/它总小心地让一棵树隔在我俩之间"。那个"陌生人",就是这样,简直就是一只透明小鸟。

前述关于"陌生人"的三行诗,让我联想到九行台词——"他应该到这儿啦。""他并没说定他准来。""万一他不来呢?""咱们明天再来。""然后,后天再来。""可能。""老这样下去。""问题是——""直等到他来为止。"[①] 爱斯特拉冈和弗拉季米尔,两个流浪汉,他们永远在等待"他","他"永远被他们等待,"他"很有可能就叫"戈多"。前述台词及类似台词的不断重复,不断啰唆,就构成了贝克特(Samuel Beckett)的两幕剧《等待戈多》。没等来戈多,等来了波卓。波卓实在忍不住了,就问:"他是什么人?"你猜猜,两个流浪汉怎么回答?一个说:"哦,他是……可以说是个相识。"一个说:"哪儿说得上,我们简直不认得他。"也就是说,很有可能,戈多是个"陌生人"。不知道波卓是因为重承诺,还是因为太无聊,他说:"我要是处在你们的地位,我要是跟人有了约会,跟一个戈丁……戈丹……戈多……反正你们知道我说的是谁,要是那样,我要一直等到天黑。"多么巧啊,《花椒木》正是这样收尾:

---

① 贝克特(Samuel Beckett)《等待戈多》,《荒诞派戏剧选》,施咸荣、高行健等译,外国文学出版社 1983 年版,第 12-13 页。下引此剧,亦见此书。

我在黄昏里劈着那些木柴

那些时光的碎片

好像那个陌生人，已经来了

　　我已经记不得江非是在哪儿说过，他说，每一首诗中都有神，都有鬼，都有妖精，在不同的时间速度里自由出没，甚至在未来出没，以彻底澄清这个世界。"陌生人"也罢，"戈多"也罢，正是这样的"异物"。他们没有名字，因而，叫什么名字都可以："戈丁"，"戈丹"，或"戈多"。在某种程度上，正是这样的"异物"，让一首诗、一个两幕剧的意义生成获得了一个二次方。不管是《花椒木》——还是《等待戈多》——都暗含着，或呼吁着一个"后传"或"下集"。读者会问："陌生人到了会怎样？"观众会问："戈多上场了会怎样？"江非和贝克特态度冷漠，拒绝回答，因为没有一个"后传"或"下集"，或者说只有一个无穷无尽难以节选的"后传"或"下集"。

4

　　前面谈了角色问题，现在来谈时态问题。实则两个问题，很奇妙，都是一个问题。因为全诗三个角色，恰好对应三种时态。"父亲"对应着"过去时态"，意味着已经完成的命运、显形空间和线性运动；"陌生人"对应着"将来时态"，意味着即将降临的命运、隐形空间和非线性运动。而"我"对应着"现在时态"，意味着"确定"和"不确定"之间的过渡，意味着两种命运、两种空间和两种运动之间的缓冲。"我久久地站在那分岔的地方"，弗罗斯特《未走之路》就描绘过此种处境。"我"既不能回到"过去"，也不能跳入"将来"，只能把"将来"一点点套现为"现在"。"未走之路"共有两条，在踏入一条之前，两条都对应着"将来"。"极目眺望其中一条路的尽头"——这是把"将来"留给了"将来"；"然后我毅然踏上了另一条路"——这是把"将来"一点点套现为"现在"。来读《未走之路》的末节："我将会一边叹息一边叙说，/ 在某个地方，在很久很久以后：/ 曾有两条小路在树林中分手，/ 我选了一条人迹稀少的行走，/ 结果后来的一切都截然不同。"

较之《未走之路》的"我"，诗人——比如江非——却有更厉害的本事，因为诗人不仅是"现在的孩子"，他还是"过去的孩子"和"将来的孩子"，简而言之，诗人简直就是"时间的孩子"。来听听江非的坐而论道："诗其实是要把一个被过去的时间和当下的时间蒙蔽的真实世界遣送给读者。在这个遣送的过程中，诗总是保留了那些它最急于送出的。因为任何的时间都是在以过去、现在、未来的至少三种方式流动，诗无法精确地就依靠语言把握到那个即将送出之物，只能感受和贴近那个被蒙蔽的真实"，因而，"诗只能是永远地接近那个时间的真实。"[1]这段

---

①江非《时间的孩子》，吴思敬主编《诗探索》（理论卷）2010年第2辑，第131页。

212

话作为二分之一的答案呼应了任洪渊的哲学命题："全部问题，问到最后，不是：我在哪一个词语——哪一个名词、动词、形容词里？就是：我在何时——在过去、现在还是将来？"① 又以诗化或文学化的方式验证了霍金（Stephen Hawking）的物理学假设："如果一个人能在虚时间里向前走，他应该能够转过来并往后走。这表明在虚时间里，往前和往后之间不可能有重要的差别。"②

　　我——也许还有江非——都不懂得"虚时间"为何物，但是《花椒木》可以做到让"我"在劈柴的时候，想起了"父亲"，并等待着"陌生人"；可以做到让"花椒木"从"父亲"的手里，来到"我"的面前，并有可能去到"陌生人"的镐头或斧头下。江非所谓"花椒木"，正是霍金所谓"时间箭头"。或可暂时请来三世佛，并作这样的表述——过去佛晓得，"花椒木"没有被劈成柴；现在佛也晓得，它没有正被劈成柴；可是，在未来佛看来，它已经在远离火炉的地方开始燃烧——如同《一堆木柴》预言过的那样，"任其用缓慢的无烟燃烧"。这样的"燃烧"，既"无烟"，又"无焰"，从容揭去了"过去"与"现在"的双重遮蔽，有可能抵达这个世界的最大真实和最后真实。《未走之路》则略有不同，"我"必须二选一，否则就难以继续前行。被放弃的那条路，或者说，没被选中的那条路，已经成为黑暗的"将来"和"未知"。霍金还曾从《哈姆雷特》借来一个词组，亦即"果壳

①任洪渊《汉语红移：多文体书写的汉语文化哲学》，北京师范大学出版社2010年版，第129页。
②霍金（Stephen Hawking）《时间简史》，湖南科学技术出版社2015年版，第182页。

中的宇宙"，用以表述"果壳上的量子皱纹包含着宇宙中所有结构的密码"[1]。或许，可以这样来下结论：不是《未走之路》，而是《花椒木》，还有《一堆木柴》，接近了所谓"果壳中的宇宙"。

5

从前文还算耐心的抽丝剥茧，可知《花椒木》，乃是一首"时间之诗"。如果说"时间"这个词，闪耀着物理学的寒光，也可以置换成更具有暖意的"时光"。嗯，乃是一首"时光之诗"。有了这样一个前提，现在，就可以由"劈柴"论及"劈柴的隐喻"。是的，是在新年这天，或除夕这天，更冷了，"我"将要劈柴过冬。然而，我们分明被告知，不仅是"木头"，还有其他事物，在镐头两边豁然裂开：

> 我只是先找来了一些木头
>
> 榆木、槐木和杨木
>
> 它们都是废弃多年的木料
>
> 把这些剩余的时光
>
> 混杂地拢在一起

---

[1] 《译者序》，霍金《果壳中的宇宙》，吴忠超译，湖南科学技术出版社 2016 年版，第 1 页。

"榆木、槐木和杨木"与"时光"，本来A是A，B是B。先说A，再说B，并不招谁惹谁。然而，由"能指"的转换，居然导致了"所指"的回馈。就在"它们都是废弃多年的木料"与"把这些剩余的时光"两行之间，就在间不容发之际，B将自己的语义强行回馈给A，让A被迫成为B的"喻体"——当然，反过来说也成立，让B主动成为A的"喻体"。为了不至于出现行文紊乱，下面的论述，均将A是"本体"B是"喻体"作为前提。不管怎么样，A即B，B即A，两者终于合二为一。接下来的叙述，诗人再也不客气，他忽视了B与A的任何差异，完全用B取代了A，并将B作为了独一无二的"宾语"：

我轻轻地把镐头伸进去

像伸进一条时光的缝隙

再深入一些

碰到了时光的峭壁

"镐头"伸进了什么？不是"木头"，而是"时光的缝隙"。"镐头"碰到了什么？不是"木头"，而是"时光的峭壁"。我们可以脑补，在"劈柴"的现场，是什么不断飞溅？不是"木屑"，而是"时光之屑"。"喻体"彻底代表了"本体"，落落大方地，出入于本属于"本体"的社交场合。只要B，不要A。"镐头"碰到了什么？从此诗下文可知，碰到了"花椒木"。但是在此处，诗人却不让这个"本体"出场（这是因为，不要Ａ）。为什么说"花椒木"乃是"时光的峭壁"？"父亲"劈过，留了下来；"我"也劈过，停了下来；"花椒木"似乎拒绝成为下文所谓"时光的碎片"。然则，"花椒木"何所拟也？隐私乎？痛史乎？难关乎？难道就是那最怕触及一截时光，最难放下的一截时光，抑或至今也不能轻易翻越的一截时光？然而就在几行以后，"喻体"与"本体"，忽然分道扬镳，还是让我有点儿猝不及防：

　　　　它的样子，还是从前的

　　　　没有发生任何改变

　　　　好像时光也惧怕花椒的气息

　　　　没有做任何的深入

"它"就是念兹在兹的"花椒木"，刚才吧，还担任着"时光的峭壁"的"本体"。忽然就被解除职务，现在，仍然Ａ是Ａ，Ｂ是Ｂ。甚而至于，Ｂ惧怕Ａ："好像时光也惧怕花椒的气息"。如果说"喻体"惧怕"本体"，岂不是天大的无厘头？江非这样处理，会不会是个破绽呢？我认为前后确有矛盾，在一定程度上，也扰乱了全诗的有机性。但是呢，不必道谢，我可以为诗人找到台阶下，不过也是《五灯会元》里面的几句老话："老僧三十年前来参禅时，见山是山，见水是水。及至后来，亲见知识，有个入处。见山不是山，见水不是水。而今得个休歇处，依前见山只是山，见

216

水只是水。"① 这段山水禅，当然，也可以译成我的 AB 论。

6

那么就让我们也从 B 回到 A，从不是山不是水回到山水。《劈柴的那个人还在劈柴》告诉我们，"父亲"留下了一个小山般的柴堆；《花椒木》告诉我们，"我"可能会留下一个较小的柴堆；至于弗罗斯特，他在沼泽地里发现了一个不知是谁留下的柴堆。柴堆就这样垒成，柴堆就这样交付。柴堆意味着什么？小心翼翼的生存，比如劳动，比如熟食，比如篝火，比如篝火边的舞蹈。

柴堆也有可能就作为柴堆而冷却，委身于未可知的茫茫力量。弗罗斯特信步走进冰结的沼泽地，跟随一只小鸟，穿过低于膝盖的积雪，在那个叫不出也认不出的地方，就看到这样一个柴堆，一个陌生的柴堆。不是今年的，甚至也不是去年或前年的：颜色已发黑，树皮也翘裂，被女萝缠了一圈又一圈。诗人运用数学或统计学，来把握那难以把握的细节："那是一考得槭木，砍好，劈好，／并堆好——标准的四乘四乘八。"考得（cord）是木柴体积单位，通行于英美，一考得相当于一百二十八立方英尺。哪怕就是这种非诗的记录，也不妨碍我们这样设想：是谁留下的柴堆？弗罗斯特的"父亲"，江非的"父亲"，抑或"父亲的父亲"？他们就在柴堆中隐身，然而时间已经推翻了最初的生存计划。

① 普济《五灯会元》，苏渊雷点校，中华书局 1984 年版，第 1135 页。

前文曾有引用的"任其用缓慢的无烟燃烧"，其实只是断章取义，来读《一堆木柴》的最后两行："任其用缓慢的无烟燃烧——腐朽／去尽可能地温暖冰冻的沼泽地。"呵呵，所谓"无烟燃烧"，原来是指"腐朽"。这样一个半残酷半温暖的结句，终不如《飞鸟各投林》，"好一似食尽鸟投林，落了片白茫茫大地真干净"①；终不如《冬天的回忆》，"而现在四周一切田地都冻结，白茫茫／盖着一层冰雪的厚壳"；终不如《劈柴的那个人还在劈柴》，"第二天／所有的新柴／都将被大雪覆盖"；"父亲"不见了，"我"也不见了，只剩下"时间之眼"，忍看"有我之境"变成了"无我之境"，故而，终不如《花椒木》，"但是一个深情的人，在取暖的路上／深情地停了下来"。

7

《花椒木》的角色问题与时态问题，已经初步讨论完毕。本来此文已算全部竣稿，但是且慢，似乎还有一个文体问题。

却说我在年少时曾稍读宋诗，至王安石《书湖阴先生壁》，"茅檐长扫净无苔，花木成畦手自栽。一水护田将绿绕，两山排闼送青来"②，再三吟哦，忽然开悟：此诗初读则通篇记景，再读则通篇记人；粗读则句句指向杨德逢，细读则字字关涉王安石；及至最后，哪里还看得见半点杨德逢，但看见一打王安石而已。

---

① 《红楼梦》第五回。
② 李壁笺注、高克勤点校《王荆文公诗笺注》，上海古籍出版社 2022 年版，第 1176 页。

要知道杨德逢是个隐士，而王安石却不免深陷樊笼而徒羡田园。

《书湖阴先生壁》读法，可作为《花椒木》读法：这是一首叙事诗，关乎节令、劳动和交往，"花椒木"只能是一个具象；这是一首抒情诗，关乎往昔、此刻和等待，"花椒木"只能是一个隐喻；这是一首载道诗，关乎态度、方法和认知，"花椒木"只能是一个证明。试想江非也罢，王安石也罢，必不欲所有读者都能完成全部登临。就我的趣味而言，更愿意停步于二楼（亦即抒情诗之楼），下楼可以领受乡村的暖意，上楼可以体验宇宙的高寒，居中小憩，则不免长久地动容于亲人的离散和时光的破碎。也许，这恰好就是《花椒木》的妙处。

2011 年 2 月 1 日草成
2022 年 6 月 11 日改定

新诗去从论 ①
——在遂宁国际诗歌周高峰论坛上的即兴发言

1

在这里，我想首先谈到始于 1915 年的新文化运动。胡适，鲁迅，这些大人物，都是新文化运动的先驱者。我不准备谈及他们在思想史意义上的革命性贡献；恰好相反，是要谈及新文化运动的某些消极后果以便引出本文的主要观点。有道路，就有阴影，新文化运动也是如此。那么，新文化运动都有哪些消极后果呢？我认为，至少要从两个方面来谈：一个是文化极端主义，一个是语言极端主义。文化极端主义，就是说，文化必称西方。语言极

---

① 2019 年 3 月 5 日，遂宁国际诗歌周高峰论坛，因主持人李少君先生临时点名，我仓促作了关于新诗写作与批评的即兴发言，并在现场向美国诗人戴维·科普（Cope/David Edge）赠送了拙著《虚掩》，——该书收有长文《两个金斯伯格》，而科普恰是金斯伯格（Allen Ginsberg）的老友。这个即兴发言，在当日上午，次日下午，曾两度得到荷兰诗人埃里克·林德耐尔（Lindner/Erik Jan Rudolf）的响应。根据这个即兴发言，忆写扩充而成本文。

端主义，就是说，语言必称白话。这两个向度上的极端主义，到了今天，仍然是很多诗人的金科玉律，给中国文化和语言带来了难以估量和消除的规定性影响。

为什么要谈新文化运动？这是因为，新文化运动与新诗，曾经建立起深刻的关联，度过了令人称奇的蜜月期。从某种意义上讲，新诗承担了新文化运动在立场、工具、策略和前锋等方面的可以说是开天辟地的使命。新诗，就是新文化运动的号角和响箭。那么，新文化运动的消极后果给新诗造成了哪些伤害呢？我认为，也要从两个方面来谈：一个是西方中心主义，一个是白话原教旨主义。西方中心主义，就是说，新诗以西方为绝对资源。白话原教旨主义，就是说，新诗以白话为绝对工具。这样，不知不觉间，新诗似乎已经走上了一条被视为通衢的不归路，这是一条零传统自觉的不归路。

2

先说西方中心主义。我们可以从新诗的两个方面，写作和批评，来展开更加深入的谈论。从写作的角度来看，在很大程度上，西方诗乃是新诗的"输出者"（Transmitter），或者说是新诗的"美学上游"（这是笔者杜撰的术语）。换一种表述方式，可以这样说，胡适以来很多诗人，他们的身后都站着一位碧眼高鼻的西方父亲。比如，胡适（他被称为新诗鼻祖）的身后，站着庞德

(Ezra Pound)和蒂丝黛尔（Sara Teasdale）；郭沫若的身后，站着惠特曼（Walt Whitman）；冰心的身后，站着泰戈尔（Rabindranath Tagore）；徐志摩的背后，站着哈代（Thomas Hardy）。这是新诗发轫期的情况，到了今天，情况又怎么样呢？可以说，愈演愈烈。比如，西川的身后，站着博尔赫斯（Jorges Luis Borges）；陈东东的身后，站着埃利蒂斯（Elitis, Odysseus）。难道，在这些中国诗人与他们的西方父亲之间，可以展开"平行研究"而不是"影响研究"吗？我们也许可以在韩东与拉金（Philip Larkin）之间展开平行研究（韩东当初并未读过拉金作品），却只能在王家新与帕斯捷尔纳克（Boris Leonidovich Pasternak）之间展开影响研究（王家新曾经直接化用帕斯捷尔纳克原句）。而从批评的角度来看，在很大范围里，新诗研究已经沦为西方诗的影响研究，或者说沦为西方诗学的应用研究。我曾经谈到过：你以为他们在讨论翟永明吗，非也，他们借助翟永明，其实讨论了美国自白派诗人普拉斯（Sylvia Plath）呢，甚而至于，还讨论了美国女性主义批评家肖瓦尔特（Elaine Showalter）呢。这明明是一种悲哀，却被视为一种时尚。

再说白话原教旨主义。新诗的写作与批评，所使用的语言，先是白话，后来就是所谓的口语或现代汉语。我曾经讲过，白话，口语，现代汉语，从诗的角度讲，都只能算是汉语或古汉语的废墟。为什么这么讲？因为这种语言乃是汉语拉丁化——也是逻辑化和工具化——的结果，在很大程度上，在很大范围里，已然彻底丢弃了古汉语的传神的精妙感。原本最适合写抒情诗的汉语，已经沦为最适合写杂文、长篇小说、政论、报告文学或说明文的汉语。所以说，抒情的汉语，已经骤变为叙事或析理的汉语，这样的汉语反而更加有助于迎迓前面曾有提及的西方父亲。从这个角度讲，白话原教旨主义，西方中心主义，焦不离孟，孟不离焦，原本就是一枚镍币的两个面。

就是这样，新诗的写作与批评，只能通过西方或西方想象，才能辨明自己的来路和面孔。所以，一部新诗史，无论是写作史，还是批评史，就是一部西方诗或西方诗学的接受史（history of reception）。接受史呢，就是单行道，而不是双行道。在这条单行道上，新诗如同被反复抽动的陀螺。旋转，迷醉，失落，身份焦虑，四者都已经不可避免。只有少数的诗人和学者，开始渴慕并试图参与建设一个古今中外相会通的绿色时代（这也是笔者杜撰的术语）。

3

这样的自觉似乎始于《学衡》。1922 年，《学衡》创刊，主编是吴宓，作者有王国维、梅光迪、胡先骕、刘伯明、柳诒徵、吴芳吉、陈寅恪、汤用彤等。他们奉行"昌明国粹，融化新知。以中正之眼光，行批评之职事。无偏无党，不激不随。"[1] 这批学者，

① 《〈学衡〉杂志简章》，孙尚扬、郭兰芳编《国故新知论》，中国广播电视出版社 1995 年版，第 494 页。

后来被称为学衡派，热切批判新文化运动，长期被视为新文化运动的逆流。简单地说，吴宓是改良派，胡适是革命派。吴宓的老师，乃是美国文学批评家白璧德（Irving Babbitt）。胡适的老师，则是美国哲学家和教育家杜威（John Dewey）。白璧德和杜威的对垒，亦即新人文主义与实用主义的对垒，被吴宓和胡适一点儿不走样地照搬到了中国。但是，到了今天，却必须往细了去分析。胡适和鲁迅的文化极端主义，乃至语言极端主义，缘于"大破才能大立"的革命潜意识，原本只是一种姿态，一种策略，一种实用主义，暗藏着文学或文化以外的很多考量（比如思想解放层面的考量）。他们虽然力倡"融化新知"，实际上呢，却并未或忘"昌明国粹"。胡适的先秦名学、中古思想史、禅宗、明清小说和《水经注》研究，鲁迅的古小说、会稽郡故书、嵇康、汉文学和唐宋传奇研究（他的很多论著都以文言写成），都可以反证这个观点。也就是说，新文化运动，与学衡派并非你死我活。到了今天，不妨这样讲，虽然这样讲来有些惊世骇俗：在骨子里，胡适和鲁迅也还都是学衡派！既然如此，或许呢，我们已经迎来了一个转机，一个为学衡派正名的转机：与其说他们是新文化运动的逆流，不如说他们是新文化运动的修正主义者。但凡修正主义者，太周详，太严密，太老实，太文弱，本想兼顾各方，从来都是各方不讨好。所以，新诗作者都不理睬学衡派，谁也没有耐心去思考胡先骕念兹在兹的大问题："白话诗所以仅为白话而非诗"①。还是让我

① 胡先骕《评〈尝试集〉》，同上，第311页。

们回到新诗发轫期，看看吧，学衡派的书生，新文化运动的革命家，两不顾，各有各的态度和行动。二十秋以后，到了1942年，钱锺书写就《谈艺录》，才以东西南北论，呼应了学衡派的国故新知论："东海西海，心理攸同；南学北学，道术未裂。"①

从吴宓，到钱锺书，徒有一双火眼；但是诗人们呢，白胡适以降，只剩一颗孤胆，——他们迅速疏离了古典诗，违弃了古典诗学。只有少数中的少数，比如废名，半个卞之琳，小半个辛笛，周梦蝶，某个阶段的余光中和洛夫，小半个张枣，势头正健的陈先发，在西游的余暇，挽留过或正在挽留着传统的余晖。正是这样的挽留，让我们对新诗——还有汉语——的前景意存缱绻。

4

至于新诗批评，与写作相比，更是让人断肠天涯。从吴宓，到钱锺书，他们更乐意谈论西洋诗或古典诗，只有在批判的时候才稍微提及白话诗。如今，新诗已经脱离白话诗阶段，取得了较为可观的成就，但是批评者与研究者又早已失去了吴宓或钱锺书式的立场和视野。这种阴差阳错，让新诗批评与研究患上了严重的偏头痛。我们或许尚可期待，西洋诗，古典诗，毫无偏见地成全正在发生的当代诗；却仍然难以指望，西洋诗学，古典诗学，毫无偏见地成全正在发生的当代诗学（江弱水教授

---

① 《序》，钱锺书《谈艺录》，中华书局1984年版，第2页。

则是罕见的例外）。新诗批评不但与古典诗学相扞格，甚至与现场、田野和处境相阻隔，从而成为某种学术体制内的案头工作，并反过来强化了从美国和欧洲舶来的已经毫无生机可言的论文规范，——这样的论文规范才合乎职称评定的要求；我们很难想象，钟嵘带着《诗品》，或是司空图带着《二十四诗品》，能够在任何大学里面谋得教授的席位。毫无疑问，这是当前文化和教育中的一个怪现状。

那么，新诗批评究竟应该何去何从呢？笔者认为，新诗批评，乃至一切文学和艺术批评，都应该是问题意识和文体意识的比翼。这里所说的文体，乃是批评而非批评对象的文体；而批评对象的文体，仍然属于这里所说的问题，——要讲完这个绕口令，笔者才有机会得出下面的结论：很少能有批评家能够胜任问题意识和文体意识的比翼，为了掩盖这个窘况，他们倾向于将问题意识前置于文体意识。文体都是小道，问题才是大道，文体应该让路于问题。这些令人遗憾的观点，几乎已经逐渐成为新诗批评的共识。共识能强化优势，也会固定短板，对于文学来说，共识有时候就是囹圄。我们已经置身于这样的囹圄，所以，笔者曾经发出过这样的自嘲与他嘲，"批评家挑剔着某个诗人——或某个诗文本——的角度、节奏、语调或想象力，由此写出的批评文本，在角度、节奏、语调或想象力方面却乏善可陈。他们用青铜阐释着白银，用白银阐释着黄金。这青铜，这白银，居然一点儿也不脸红。已经输了几十年，批评家呢，依然顾盼自雄。诗人不再指望批评家，

226

就如同，黄金不再指望白银而白银不再指望青铜。"① 由此也可以晓得，文体，已经成为很大的问题（如果不是最大的问题）。

5

为了强化新诗批评的文体学自觉，笔者试图在两个方面有所欲为：一个是感性批评，一个是词条式批评。

先说感性批评。西方诗学告诉我们，写作需要更多的感性，批评则需要更多的理性，只有理性才能胜任对感性的评鉴。故而西方诗学，条分缕析，每与语言学、逻辑学甚或病理学相混。随着西方的躬省，以及东方主义的盛行，二十世纪以来，西方诗学忽而出现了一个令人惊讶的感性转向。杨小滨先生特别关注这个现象，他择取自海德格尔（Martin Heidegger）以降的十二位西方理论家，包括巴特（Roland Barthes）、德勒兹（Gilles Deleuze）、福柯（Michel Foucault）和名气同样很大的克里斯蒂娃（Julia Kristeva），勾勒出一条理性质疑和感性转向的线索②。西方诗学的感性转向，其意义，几乎可与西方哲学的语言学转向相提并论。笔者拈出感性批评这块小招牌，似乎呼应了这个世界性的大潮流。故而柏桦先生一语道破，他说感性批评"应了宇文所安（Stephen Owen）所说的'娱思'（entertain an idea），

① 《侥幸的批评家》，胡亮《窥豹录：当代诗的九十九张面孔》，江苏文艺出版社 2018 年版，第 5 页。
② 参读杨小滨《感性的形式》，生活·读书·新知三联书店 2016 年版。

也应了巴特（Roland Barthes）所说的'文之悦'（Le Piaisir du texte）"①。感性批评并不拒斥理性，恰好相反，甚至需要更加曲折的理性，并将呈现出两者的难分难解。甚而至于，还将呈现出"语言"(langue) 和"言语"（parole）的难分难解。新诗批评正须如此，我们所要促成的，是诗与诗的相遇而非诗与手术刀的相遇。这样得来的批评文本，毛茸茸，湿漉漉，充满了官能之美，显示了大快朵颐的感受力和想象力。公安袁中道论唐诗语，"览之有色，扣之有声，而嗅之若有香"②，或可直接移用于感性批评。可见感性批评，恰是性感批评。

再说词条式批评。西方诗学的体系化欲望，为现代中国提供了可怕的论文规范。无论是西方，还是中国，都有人意识到了这种论文规范对于人性的欺凌和禁锢。要瓦解这种体系化欲望和论文规范，或可重启词条式批评（包括札记式批评或断片式批评）。也许,在有些西方学者看来,此类批评具有人性解放的意义。比如，法国后现代理论的代表性人物波德里亚（Jean Baudrillard）就认为，"断片式的文字其实就是民主的文字。"③又如，从罗马尼亚来到法国的"令人心惊胆战的哲学家"齐奥朗（Emile Michel Cioran）——此人拒绝撰写通常意义上的博士论文——也认为，"所有系统（哲学）都是专断的，而碎片化思想保持自由"④。

① 参读《胡亮诗学研讨会纪要》，《中国诗歌研究动态》第 21 辑，学苑出版社 2019 年版。
② 《宋元诗序》，袁中道《珂雪斋集》卷中，钱伯城点校，上海古籍出版社 1989 年版，第 497 页。
③ 波德里亚（Jean Baudrillard）《断片集》，张新木、陈旻乐、李露露译，南京大学出版社 2009 年版，第 13 页。
④ 参读《 "一本书是一个伤口"——齐奥朗访谈》，树才译，《世界文学》2017 年第 1 期。

在某种意义上，这些观点当然可以成立；但是呢，还可以从更小的角度来谈论这个话题。比如，词条、札记、断片与新诗，在文本仪式上具有很高的近似度，这似乎恰好反证了在新诗批评中引进和试验词条式批评的优先性。词条式批评固有的含混性，游刃于可解与不可解之间，暴露了——或者说绕开了——批评的有限性，也给新诗批评的"所当行"和"所当止"带来了一种伸缩自如的空间感。我们很难想象，在新诗以外，词条式批评能够转而适用于戏剧或小说。

6

却说感性批评和词条式批评，在中国，比在西方都拥有更加久远的历史。甚至可以说，这两者，恰是古典诗学的传统。西方诗学中的感性转向，以及词条、札记或断片转向，看起来具有后现代主义倾向，实际上却与东方主义的盛行存有莫大的干系。因此，我们试图响应的，与其说是西方诗学的转向，不如说是西方诗学的那一点儿东方主义背景。转了几个弯，古典诗学，还是静悄悄地来到我们的面前。古典诗学的思维—语言特征，舍"证"而取"悟"，似"零"而实"整"，可供求得"言有尽而意无穷"的语义效果。禅宗的顿悟，棒喝，文人的诗话，笺注，非熊非罴，非理性，非体系，却都能凭其迷人的召唤式结构，向作者、读者和论者发出欢呼和邀请。最近几年以来，吴子林研究员颇为重视这个问题。他试图在论文规范以外，重启更加活泼而跳脱的述学传统，并命名为"毕达哥拉斯文体"。有意思的是，这个命名虽然来自西方，他所举出的重要例证却是钱锺书。钱锺书再次来到我们的面前，带着锦心而绣口的《谈艺录》和《管锥编》。从《管锥编》回溯，从《谈艺录》回溯，就可以轻易地受洗于吴宓的《空轩诗话》，受洗于王国维的《人间词话》，乃至受洗于前文曾有提及的《诗品》或《二十四诗品》。从这些线索不难看出，实际上呢，感性批评和词条式批评原本也是一枚镍币（古典诗学）的两个面。当务之急呢，就是要用这枚镍币，去矫正前文曾经提到过的那枚镍币。

笔者将感性批评和词条式批评，用于新诗，写成《屠龙术》和《窥豹录》，窃愿能给新诗批评带来一点儿文体学意义上的涟漪。设若唤来同道，毕竟还是幸事。新文化运动早已旗开得胜，到了今天，设若起胡适和鲁迅于九泉，想必他们也会颔许我们共赴这样的殷切：只有当写作与批评同时辨认着我们的传统，辨认着我们的生命，辨认着我们的处境，只有当两者实现了金镶玉一般的联袂，我们才有可能在废墟之上，再次锻造出神龙也似的汉语。

2019 年 3 月 15 日

附录
胡亮文学简表

1975 年　3 月 2 日（农历正月二十日），生于四川省蓬溪县明月区太平乡，后改为庭英乡，现属遂宁市蓬溪县常乐镇。父名胡克健，母名牟玉春，姊名胡萍。

1979 年　2 月 10 日，祖母胥元贞去世。是年前二十余年间，祖父胡思潘、外祖父牟成旭、外祖母李氏（已失其名）均已先后去世。

1981 年　9 月，就读于太平幼儿园，至 1982 年 7 月。

1982 年　9 月，就读于太平中心小学，至 1988 年 7 月。

1983 年　是年，按照母亲口述给父亲写信。是年前后，爱上读书与绘画，渐以好学知名方圆。

1986 年　是年前后，反复阅读张承志的《黑骏马》，着迷于汉语之魅力；初读《水浒传》及《三国演义》，着迷于汉语及历史之魅力。

1988 年 9 月，就读于庭英初级中学，至 1991 年 7 月。同月 20 日，开始写日记，延至 1998 年 1 月 18 日歇笔。三年间，大量阅读古典文学、当代文学和外国文学，尤爱《红楼梦》《复活》和《家》。

1989 年 12 月，父亲退休还乡，时已五十五岁。

1991 年 9 月，就读于蓬溪中等师范学校，至 1994 年 7 月。三年间，大量阅读现代诗和外国小说。

1993 年 3 月，创办诗刊《杨柳风》（只出了 1 期）。

1994 年 6 月，毕业于四川师范大学（自考专科）。9 月，任教于庭英中心小学，至 1998 年 9 月。两年间，沉溺古典音乐，耽读明清小说，细品唐诗两千首。

1996 年 9 月，赴成都就读于四川省教育学院（成人高校本科），至 1998 年 6 月。两年间，竟日研究中西文学，涉猎古今艺术，学习现代批评；尤爱周作人、钱锺书、穆旦、北岛和海子。

1998 年 9 月，调入蓬溪中学。早课每为学生讲授现代诗：从顾城、海子到骆一禾。是年前，母亲常用晒席为我晒书，成为吾乡远近闻名之风景。

1999 年 6 月 19 日，结婚，妻名陈红霞，移居下河街小学之后山。大量阅读当代诗。发愿撰写《新诗史》，完成数章后辍笔（已废弃）。

2000 年 7 月 2 日（农历六月初一），得子名胡珈豪。同月，调入县人民政府，自此后且去宦游——就天赋与欲望而言，我为诗人、画家、医生或考古学家，均可小有成就；宦游，不免徒呼奈何。

2002 年　得杨然转赠台湾版诗刊及诗集八十余册，均系流沙河旧物。

2003 年　4 月，调入遂宁市人民政府，不久移居西山东麓渠河西岸。9 月，参与编选《五人诗选》由重庆出版社出版。

2005 年　5 月 2—3 日，应邀赴龙泉驿参加"中国诗歌流派论坛"。

2006 年　4 月，调入市发展和改革委员会。5 月 15—17 日，应邀赴龙泉驿参加"中国乡村诗歌论坛"。12 月 23—24 日，应邀参加"'走进诗意的平乐'诗会"。

2007 年　2 月，创办诗刊《元写作》第 1 卷由中国文史出版社出版。9 月 27 日，应邀赴绵阳参加"首届西蜀诗会"。同月，应邀担任《星星》理论月刊编委（共印行 61 期）。

2008 年　1 月 8 日，加入省作家协会。3 月 17—20 日，应邀参加"第 2 届罗江诗歌节"。6 月，上派省发展和改革委员会，至 2010 年 10 月。

2009 年　5 月 28 日，应邀赴洛带参加"第三届中国乡村诗歌节"。8 月 6—11 日，应邀参加"第 2 届青海湖国际诗歌节"。同月，参与编选《1949—2009：中国当代诗 100 首》由江苏文艺出版社出版（该书主编为潘洗尘）。10 月 23—26 日，应邀赴衡阳参加"首届洛夫国际诗歌节"。同月，主编《元写作》第2卷由中国戏剧出版社出版。

2010年 3月，主编《乘以三》由作家出版社出版。11月26—28日，应邀赴江油参加"首届太白诗会暨第3届70后诗歌论坛"。

2011年 4月21—23日，应邀参加"中国诗人汉中行·当代诗歌精神重建主题研讨会"。7月16日，应邀赴成都参加"三重奏：诗歌研讨及朗诵会"。10月4日，参加阿野组织之诗人雅集——此后，阿野屡屡组织雅集，重现昔日梵云山宜园雅集之盛景："无乎宜而又无乎不宜者也"。同月15—16日，应邀赴荣昌参加"回顾与展望：新世纪诗歌座谈会"。

2012年 9月，主编《元写作》第3卷由中国文联出版社出版。11月9—11日，应邀赴西安财经学院参加"沈奇诗集《天生丽质》学术研讨会"。

2013年 4月，组稿在《诗探索》推出"孙静轩研究小辑"。5月23日—6月1日，应邀参加"中国当代诗歌奖颁奖盛典暨长沙九诗人诗歌研讨会"。8月，主编《元写作》第4卷由中国文联出版社出版。

2014年 2月，主编《元写作》第5卷由团结出版社出版。3月7—11日，应邀参加"第5届鼓浪屿诗歌节"。11月20日，应邀回蓬溪参加"张问陶诞辰250周年纪念暨张问陶全国学术研讨会"。12月，所著《阐释之雪：胡亮文论集》由中国言实出版社出版。同月，组稿在《今天》推出"陆忆敏后期诗作选评小辑"。同月，组稿在《诗探索》推出"陆忆敏研究小辑"。同月，主编《元写作》第6卷由团结出版社出版。

2015年 1月24—25日，应邀赴深圳参加"首届《诗刊》理论批评年会"。同月，所编《出梅入夏：陆忆敏诗集1981—2010》由北岳文艺出版社出版。同月，所著《阐释之雪：现代诗人评论集》由台湾秀威公司出版。3月，所编《力的前奏：四川新诗99年99家99首》由白山出版社出版。5月22—24日，应邀赴绵阳参加"首届李白诗歌奖颁奖典礼"。6月，以《阐释之雪》获颁"第5届后天双年度文化艺术奖"。7月，编著《永生的诗人：从海子到马雁》由北岳文艺出版社出版。10月22—24日，应邀赴慈溪参加"第2届袁可嘉诗歌奖暨《十月》青年作家奖颁奖系列活动"，以《阐释之雪》获颁"第2届袁可嘉诗歌奖"。同月，主编《元写作》第7卷由白山出版社出版。12月16—21日，应邀赴成县参加"杨立强山水田园小品研讨会"。

2016年 1月8—10日，"胡亮文论集《阐释之雪》暨《元写作》诗群创作研讨会"在遂宁西山之麓举行。同月21日，接受芮虎代表德国《欧华导报》（Chinese European Post）之采访。4月21—29日，应邀赴原平参加"第8届梨花诗歌艺术节"。8月，组稿在《西部》推出"元写作诗群小辑"。10月，主编《元写作》第8卷由团结出版社出版。同月，组稿在《作品》推出"元写作诗群小辑"。

2017 年　1 月，调入市文化广电新闻出版局（后调整为市文化广电和旅游局）。3 月 6 日，策划邀请沈奇来作新诗讲座——此后陆续策划邀请范倍、向以鲜、蔡天新、蒋蓝、刘朝谦、庞惊涛、柏桦、杨四平、敬文东、杨碧薇、王家新、赵晓梦、刘福春等来作各类学术讲座。同月 21—24 日，参与筹办"第 2 届陈子昂诗歌奖颁奖活动"。8 月，所著《琉璃脆》由陕西人民教育出版社出版。9 月 30 日—10 月 1 日，应邀赴富顺参加"张新泉创作六十周年研讨会"。10 月 9—15 日，应邀参加"第 2 届邛海国际诗歌周"。11 月 6—7 日，应邀赴渠县参加"首届杨牧诗歌奖颁奖典礼"。12 月 7—10 日，应邀赴桃花潭参加"第 31 届青春诗会研讨会"。同月 15—17 日，应邀赴合肥参加"陈先发作品研讨会暨《九章》首发式"。

2018 年　3 月 20—25 日，参与筹办"首届遂宁国际诗歌周暨第 3 届陈子昂诗歌奖颁奖活动"。4 月 5—7 日，应邀赴成都参加"第 2 届国际诗酒文化大会"。4 月 22 日，主持"首届遂宁－成都作家交流座谈会"。9 月 19—22 日，应邀赴北京大学参加"新诗百年纪念大会"。同月，所著《虚掩》由安徽教育出版社出版。10 月，所著《窥豹录：当代诗的九十九张面孔》由江苏文艺出版社出版。11 月 16—20 日，应邀赴常德参加"昌耀诗歌讨论会"。12 月 2 日，"批评如何性感：胡亮新书分享暨签售会"在成都白夜酒吧举行。同月 7—9 日，"胡亮诗学研讨会暨《琉璃脆》《虚掩》《窥豹录》首发式"在遂宁西山之麓举行。同月 9 日，获颁"首

届张家界国际旅游诗歌奖"。同月 14 日，以《琉璃脆》获颁"第
9 届四川文学奖"。同月，《中国诗歌研究动态》推出"胡亮诗
学研究小辑"。

2019 年　1 月 11 日，被聘为巴金文学院签约作家。3 月 1—
6 日，参与筹办"第 2 届遂宁国际诗歌周暨第 4 届陈子昂诗歌奖
颁奖活动"。4 月 18 日，以《窥豹录》获颁"年度十大图书奖"。
同月 19—22 日，应邀赴陵水参加"新时代诗歌朗诵会暨青年论
坛"。5 月 30 日—6 月 3 日，应邀赴银川参加"《中国新诗总论》
发布暨研讨会"。6 月 22—23 日，应邀赴柳街参加"第 5 届都
江堰田园诗歌节"。同月，加入中国作家协会。7 月，《诗探索》
推出"胡亮诗学研究小辑"。8 月 24—29 日，应邀赴浙江参加"诗
画浙江·全国诗人作家重走诗路活动"。9 月 25—27 日，应邀
赴南京参加"庞余亮作品研讨会"。11 月 23—26 日，应邀赴银
川参加"宁夏诗歌研讨会"。12 月 6—8 日，应邀赴中南民族大
学参加"吉狄马加诗歌及当代彝族作家作品研讨会"。同月，与
张英伦合编《敬隐渔研究文集》由江苏文艺出版社出版。

2020 年　1 月 20 日，移居涪江东岸。5 月 15 日，再次被聘
为巴金文学院签约作家。5 月 16 日，应邀参加"阿信诗集《惊喜记》
线上研讨会"。6 月，《当代中国生态文学读本》第 18 辑《有
种寂静呢喃》推出"胡亮诗及有关评论小辑"。10 月 22—25 日，
应邀赴合肥参加"首届天鹅湖诗会暨量子时代的诗歌表达研讨
会"。11 月 1—2 日，应邀赴成都参加"第 6 届中国诗歌节"。

同月2—5日，参与筹办"第3届遂宁国际诗歌周暨第5届陈子昂诗歌奖颁奖活动"。同月，参与编选《高铁之诗》和《地铁之诗》由商务印书馆出版（该书主编为蔡天新）。12月4—7日，应邀赴邯郸参加"第2届建安诗歌节"，以《窥豹录》获颁"第3届建安文学奖"。

2021年 3月，所著《无果：胡亮文论集》由四川文艺出版社出版。4月23日，被聘为成都文学院签约作家。同月30日，所著《朝霞列传：八十年代巴蜀先锋诗群》入选省作协重点作品扶持项目。6月15—20日，应邀赴固原参加"宁夏文学生态建设学术论坛"及"第2届六盘山诗歌节"。9月，《诗林》推出"胡亮诗文及相关评论小辑"。10月，调入市委统战部（市民族宗教局）。12月31日，与诸友赴雷洞山露营——此后，屡以此种方式混迹于草木山水之间。同月，与李宝山合编《关于陈子昂：献诗、论文与年谱》由成都时代出版社出版。

2022年 7月，《诗歌月刊》头条推出"胡亮诗文小辑"。8月12—14日，应邀赴平乐古镇参加"第1届任洪渊诗歌奖颁奖典礼"，以《朝霞列传》获颁"第1届任洪渊诗歌奖"。9月，所著《狂欢博物馆》由花木兰文化出版社出版。10月，所著《片羽》由北岳文艺出版社出版。

后 记

阿甘本（Giorgio Agamben）写过一部书，《语言的圣礼》，副标题叫作"誓言考古学"。福柯（Michel Foucault）写过一部书，更有名，标题叫作《知识考古学》。其实，哲学家也罢，思想家也罢，批评家也罢，谁不是致力于某项考古学？本书收录的十篇文化随笔，都在谈论新诗，却颇有吊古之意与稽古之心，几乎都有牵扯到古代文学、古代哲学或古代文化。故而斗胆将这册小书，径直定名为《新诗考古学》。

卷首《让冲锋舟穿行于悖论两岸》，本是建安文学奖的《受奖辞》，比较清晰地出示了我的批评观。我欣然接受唐晴女士建议，另取标题，作为本书代序。

感谢以下师友和刊物选发过这册小书的部分篇章：程永新先生及《收获》，李少君先生及《诗刊》，于奎潮先生及《扬子江评论》，王晴飞先生及《扬子江文学评论》，张光昕博士及《新诗评论》，李怡教授及《现代中国文化与文学》，吴思敬教授及《诗探索》，荣荣女士及《文学港》，荣光启教授及《写作》，敬文东教授、张定浩先生及《上海文化》。

感谢以下师友共同推荐这册小书：首都师范大学教授、诗学专家吴思敬先生，中国作家协会副主席、清华大学教授、小说家格非先生，西南交通大学教授、诗人、诗学专家柏桦先生，北京师范大学教授、诗人、诗学专家欧阳江河先生，诗人、出版家万夏先生，诗人、清华大学文学博士生伯竑桥先生。万夏和伯竑桥的两段推荐语，来自微信聊天，并非刻意而写，我虽然甘之如饴，却不免受之有愧。

笔者乐于把这册小书献给陈晓波先生和李静波先生，感谢他们对我的宽容、理解、鼓励和支持。献书便如放鸽子，眼看飞走了，它还会飞回来。结果呢，献书的什么也没有拿出，受献的什么也没有得到。

胡亮

2022 年 6 月 13 日